O lavrador e os comedores de vento

A liberdade interior e o conforto da servidão

BORIS CYRULNIK

O lavrador e os comedores de vento

A liberdade interior e o conforto da servidão

Tradução de Julia da Rosa Simões

Texto de acordo com a nova ortografia.
Título original: *Le laboureur et les mangeurs de vent. Liberté intérieure et confortable servitude.*

Tradução: Julia da Rosa Simões
Capa: Ivan Pinheiro Machado. *Ilustração*: iStock
Preparação: Nanashara Behle
Revisão: Jo Saldanha

CIP-Brasil. Catalogação na publicação
Sindicato Nacional dos Editores de Livros, RJ.

C997L

    Cyrulnik, Boris, 1937-
        O lavrador e os comedores de vento: a liberdade interior e o conforto da servidão / Boris Cyrulnik ; tradução Julia da Rosa Simões. – 1. ed. – Porto Alegre [RS]: L&PM, 2022.
        224 p. ; 21 cm.

    Tradução de: *Le laboureur et les mangeurs de vent. Liberté intérieure et confortable servitude*
    ISBN 978-65-5666-337-1

        1. Psicologia. 2. Adaptabilidade (Psicologia). 3. Pertencimento (Psicologia Social). 4. Autonomia (Psicologia). 5. Conformismo. I. Simões, Julia da Rosa. II. Título.

22-81059   CDD: 155.24
                       CDU: 159.923

Gabriela Faray Ferreira Lopes - Bibliotecária - CRB-7/6643

Le laboureur et les mangeurs de vent. Liberté intérieure et confortable servitude. © Odile Jacob, 2022

Todos os direitos desta edição reservados a L&PM Editores
Rua Comendador Coruja, 314, loja 9 – Floresta – 90.220-180
Porto Alegre – RS – Brasil / Fone: 51.3225.5777

PEDIDOS & DEPTO. COMERCIAL: vendas@lpm.com.br
FALE CONOSCO: info@lpm.com.br
www.lpm.com.br

Impresso no Brasil
Verão de 2023

Sumário

Preparar as crianças para a guerra 7
Amar um canalha 14
Contar o impossível 18
Viver como vítima ou dar sentido à desgraça 22
Aprender a ver o mundo 28
Explorar o mundo ou hierarquizá-lo 37
Enfrentar 42
Clareza abusiva 47
Pensar por si mesmo 54
Amar para pensar 58
Delirar segundo a cultura 61
Acreditar no mundo que inventamos 66
Colorir o mundo que percebemos 75
Dar uma forma verbal ao real e ao que sentimos 81
Falar para esconder a realidade 90
Submeter-se para libertar-se 98
Organizar o mundo externo para estruturar o mundo
    interno 108
Engajar-se no sexo e na morte 116
Delirar todos juntos 121
Bem-aventurada alienação 128
Onipotência do conformismo 138
Imitar é estar com 143

Epidemias e nuvens de crenças 151
Deixar-se levar a um crime de massa 154
Publicar o que queremos acreditar 166
Duvidar para evoluir 173
Escola e valores morais 178
Escolher nossos pensamentos 183
Apego e razões 192
Anomia afetiva e verbal 201
Submeter-se à autoridade 205
Glaciação afetiva 213
Liberdade interior 219

Preparar as crianças para a guerra

Assim que os terríveis super-homens foram vencidos, eles se transformaram em companheiros agradáveis. Eu tinha sete anos quando assisti a essa metamorfose. Em 1941, o exército alemão entrou vitorioso em Bordeaux. Magnífico! O desfile impecável, as armas e os capacetes alinhados passavam uma irresistível impressão de força. A beleza dos cavalos ornados com plumas vermelhas, a música marcial e os tambores hipnotizantes emanavam uma potência formidável. Ao meu redor, as pessoas choravam.

Depois de quatro anos de ocupação, de prisões no meio da rua, de deportações ao amanhecer, de proibições e de patrulhas, os alemães se refugiaram em Castillon-la-Bataille. Eles se apoderaram do território, colocaram sentinelas em postos de observação e ergueram barreiras nos acessos à cidade. Os resistentes, comunistas da FTP e gaullistas da FFI[1], unidos ao menos uma vez, cercaram o batalhão alemão. Em 1944, o oficial no comando sabia que o nazismo havia perdido a guerra e que qualquer combate

---

1. Francs-Tireurs et Partisans (FTP) e Forces Françaises de l'Intérieur (FFI): grupos da Resistência francesa constituídos durante a Ocupação alemã na França. (N.T.)

só levaria a mortes inúteis. Ele depôs as armas para proteger seus homens. As palavras que ouvi significavam "capitulação" na linguagem do dia a dia: "*Ach...* saco cheio dessa guerra!". E o capitão assinou a rendição. Então os assustadores super-homens se tornaram simpáticos camponeses. Quando eles se renderam, vi milhares de soldados com as roupas desalinhadas caminhando de cabeça baixa, em fila, vigiados por uma dezena de rapazes mal armados que os reuniram na praça da cidade. Os super-homens sujos, mal barbeados e desabotoados olhavam para baixo e se sentaram no chão, sem dizer uma palavra, inertes.

Depois que o armistício foi assinado, os orgulhosos soldados convertidos em "prisioneiros de guerra" tiraram as camisas para trabalhar junto com os camponeses que os albergavam. Eles faziam a manutenção das vinhas, cuidavam dos animais e brincavam com os passantes. Eles chamavam as crianças, diziam coisas em francês ou alemão, não lembro mais, mas eu via que aqueles homens não eram mais assustadores, pois eles falavam sorrindo e colhiam as frutas que não conseguíamos alcançar.

Uma simples frase, "a guerra acabou", e algumas palavras escritas num pedaço de papel junto com uma assinatura bastaram para mudar o que as pessoas pensavam. Não temíamos mais os alemães. Os membros da Resistência os protegiam dos insultos e das cusparadas, pedindo que os agressores franceses demonstrassem um pouco de dignidade. Em minha mente de criança, pensei comigo mesmo que era possível odiar, matar legalmente e de repente mudar de ideia. Bastava uma frase para ver o mundo de outra forma. É na infância que nos colocamos os problemas fundamentais que formam nossas vidas. Com a idade, descobrimos que duas ou três frases podem resumir uma existência. Aquele não foi um bom momento para se chegar ao mundo. Sebastian nasceu em Berlim, em 1907, e eu em Bordeaux, em 1937. Tivemos a mesma infância. Nossos países preparavam a guerra, e a linguagem ao nosso redor nos prendia dentro de um dos campos. "Não podíamos trocar uma palavra com nossos contemporâneos, falávamos outra língua. Ouvíamos novas expressões: 'Engajamento fanático, irmãos de raça, retorno à terra, degenerados, sub-homens'."[2]

Quando cheguei ao mundo das narrativas, por volta dos cinco anos de idade, minha mãe me disse: "Não fale com os alemães, eles podem nos prender". Quando as palavras são armas, nós nos calamos para nos proteger. Na noite de 10 de janeiro de 1944, quando fui preso, eu tinha seis anos. Descobri de repente, através das palavras do oficial da Gestapo, que eu pertencia a um grupo de sub-homens perigosos que precisavam ser mortos em nome da moral.

No fim da Primeira Guerra Mundial, meu amigo Sebastian, de onze anos, assistiu ao nascimento da "geração nazista, crianças que tinham visto a guerra como um grande jogo, sem ficar nem um pouco perturbadas com sua realidade".[3] Elas tinham ficado maravilhadas com as histórias de heroísmo, de batalhas infernais, de sacrifícios redentores e de assassinatos extáticos. Quanta grandeza, quanta beleza!

---

2. Sebastian Haffner. *Histoire d'un Allemand. Souvenirs (1914-1933)*. Arles: Actes Sud, 2002, p. 127. [Em português: *História de um alemão. Memórias, 1914-1933*. Tradução de Maria Emília Ferros Moura. Lisboa: Dom Quixote, 2005.]
3. Ibid., p. 36.

Os outros, os que tinham vivido a realidade da guerra, os dias sórdidos, o sofrimento mudo, a humilhação dos famintos, a dor dos enlutados e o dilaceramento das almas feridas, preferiam calar para não fazer a memória sangrar. Sebastian e eu fomos testemunhas espantadas de dois discursos entusiasmantes: o vigor do nazismo nos anos 1930 e a generosidade do comunismo nos pós-1945. Em nossa experiência de crianças iniciadas na guerra e no conhecimento da morte, nós já tínhamos entendido que duas linguagens governavam o mundo mental dos homens. Uma que subia para o céu, criando imagens belas ou horrendas, cercadas de palavras febris: "Heroísmo... vitória do povo... pureza... mil anos de felicidade... amanhãs que cantam". Essas palavras ardentes nos afastavam do real.[4] Sebastian (onze anos em 1918) e eu (oito anos em 1945) preferíamos as palavras que conferem um prazer discreto, o dos exploradores que, ao descobrir o mundo, degustam o real. A ênfase que leva à utopia se opõe ao prazer dos lavradores que descobrem a riqueza do banal. Os amantes da grandiosidade não se incomodam com questões perturbadoras, eles preferem a coerência extática que separa do real e mantém a "lógica da desrazão"[5], um delírio metódico tão luminoso que chega a ofuscar o pensamento, impedindo a dúvida e proibindo o questionamento que diluiria a felicidade dos delírios lógicos.

---

4. A. Woodstrom. *War Child. Growing up in Adolf Hitler's Germany*. Nova York: McCleery & Sons, 2003, p. 37-42.
5. H. Arendt. *Le Système totalitaire*. Paris: Seuil, 2005. [Em português: Parte III – Totalitarismo, em *Origens do totalitarismo: antissemitismo, imperialismo, totalitarismo*. Tradução de Roberto Raposo. São Paulo: Companhia de Bolso, 2013.]

As crianças são os alvos inevitáveis desses discursos claros demais, porque elas precisam de categorias binárias para começar a pensar: tudo que não é bom é mau, tudo que não é grande é pequeno, tudo que não é homem é mulher. Através dessa clareza abusiva, elas desenvolvem um apego seguro com a mãe, o pai, a religião, os coleguinhas de escola e o campanário da cidade. Esse ponto de partida permite adquirir uma primeira visão de mundo, uma clara certeza que produz autoconfiança e ajuda a encontrar seu próprio lugar na família e na cultura.

Atenção: trata-se de um ponto de partida. Quando essa base se solidifica, ela interrompe a busca por outras explicações, ela se torna um pensamento clânico, uma certeza sem negociação: "É assim e não de outro jeito... é preciso estar louco para não pensar como eu". Convicção abusiva que aumenta a autoconfiança e interrompe o pensamento, como entre os fanáticos. De tantas repetições, a mudança se torna impossível. O pensamento clânico confere segurança à personalidade, exalta a alma e torna insanamente felizes aqueles que preparam a guerra contra os que não pensam como eles. As guerras de crenças são inexoráveis.

Para viver a aventura humana é necessário adquirir autoconfiança. Essa necessidade foi utilizada por todos os regimes totalitários: "Vou lhes dizer a verdade, a única que existe", diz o Salvador. "Sigam-me, obedeçam, isso lhes dará a glória de levar a felicidade às pessoas de seu clã." Difícil não acreditar. "A desgraça vem dos que se opõem a nossa felicidade", acrescenta o Salvador, "dos que pensam diferente, dos que acreditam em outro céu e querem nossa desgraça porque eles turvam nossas certezas."

Quando os regimes ditatoriais se apoderam das almas jovens, não é raro ver crianças se oporem aos pais, que, com suas dúvidas, seus questionamentos e suas nuances, enfraquecem o entusiasmo e desfazem os sonhos: "Eu estava furioso com Papai e não conseguia entender por que ele se recusava a se engajar no Partido Nazista, que trazia tantas vantagens para toda a família".[6] A pequena Annele fica encantada com as meninas grandes da Juventude Hitlerista: "Eu queria ser mais velha para usar o mesmo uniforme que minhas primas Erna e Lisl".[7] Elas preparam festas, recitam poesias e eu, por causa de meu pai, sou privada dessas alegrias.

O mundo mental de um ser humano nunca cessa de se ampliar ao longo de toda sua vida, da fecundação até o túmulo. Quando o cérebro começa a se formar no útero, desde as primeiras semanas, ele processa apenas as informações próximas. Os hormônios do corpo do embrião interagem com os do corpo de sua mãe para especializar os órgãos. No fim da gestação, o mundo do feto se amplia quando ele percebe as emoções maternas mediadas pelas substâncias de seu estresse (cortisol, catecolaminas) ou de seu bem-estar (endorfinas, ocitocina). Depois do nascimento, os bebês percebem alguns segmentos do corpo materno (brilho dos olhos, voz, manipulação) associados a outra figura de apego, próxima e diferente, um segundo genitor, chamado "pai". Quando a criança entra no mundo das palavras, em seu terceiro ano de vida, seu mundo mental se amplia ainda mais. Primeiro as palavras designam os objetos do contexto (bola, mamadeira), que aos poucos se afastam no espaço (vamos

---

6. A. Woodstrom. *War Child*, op. cit., p. 3.
7. Ibid., p. 23.

passear). Entre os cinco e seis anos de idade, quando seu cérebro permite a representação do tempo, a criança chega à idade da narrativa. Ela se torna capaz de formar frases que representam coisas, acontecimentos ou entidades impossíveis de perceber diretamente: uma batalha perdida há mil anos, uma filiação maravilhosa ou vergonhosa. As narrativas circundantes participam de sua identidade ("meus antepassados remontam a São Luís"), de seu orgulho ("sou bretão"), de sua vergonha ("meu pai colaborou com o nazismo") ou com seu delírio lógico ("pertenço à raça superior porque sou loiro de olhos azuis"). É nessa fase do desenvolvimento que a criança adere às crenças daqueles que a protegem e guiam seus aprendizados. Ela se impregna dos valores das pessoas às quais está apegada. Quando as narrativas parentais concordam com as narrativas coletivas, o jovem segue seu desenvolvimento, mas quando surge uma discordância entre as narrativas das crianças e as dos seus pais, quando outras instituições (escola, igreja, partido político ou seita) expõem coisas divergentes, essas divergências dissociam os laços familiares daqueles que deixam de compartilhar as mesmas crenças. Foi o que aconteceu com a pequena Annele, que sonhava participar da Juventude Hitlerista, embora seus pais se opusessem a isso.

Entre os sete e os dez anos de idade, uma cultura totalitária pode dar à criança o que ela deseja, oferecendo-lhe gratificações maravilhosas: "Usarei o uniforme de Erna e Lisl, dançaremos e colocaremos no mundo crianças loiras que darão a nosso povo mil anos de felicidade". Quando esse discurso cultural se apodera da alma das crianças, qualquer reflexão ou julgamento quebra seu encanto. Quando os jovens estão possuídos pelo discurso totalitário, eles não hesitam em ir à polícia para denunciar os próprios pais, como fizeram as crianças da Juventude Hitlerista ou os jovens jihadistas. Quando o mundo mental das crianças é congruente com o de seus pais, a oposição à narrativa totalitária as torna cúmplices. Violetta era médica em Timisoara quando se casou com um colega de curso. Na época de Ceauşescu (1918-1989), na Romênia, somente o casamento civil era reconhecido. O casal teve duas meninas, mas Violetta, crente ortodoxa, não se sentia realmente casada diante de Deus. Então seu marido sugeriu que eles fizessem uma caminhada pelos Cárpatos, onde eles encontrariam uma capela e um padre. As meninas não eram crentes, mas sentiam como uma vigilância insuportável o fato de precisarem usar na manga de suas blusas um número que as identificasse caso alguém as visse entrar numa igreja. Qualquer um poderia telefonar para a delegacia e, sem explicação, revelar seus números. No dia seguinte, os pais sofreriam retaliações administrativas: guardas suplementares, fiscalizações incessantes, impossibilidade de viajar. As meninas brincaram durante a cerimônia religiosa e guardaram aquele segredo, porque a transgressão compartilhada solidarizara a família, opondo-a ao regime de Ceauşescu.

Amar um canalha

Com a Libertação da França, em 1945, muitas crianças descobriram que, durante a guerra, seus pais tinham colaborado com o ocupante nazista. Foi difícil para elas se adaptarem a narrativas discordantes: "Em minha narrativa familiar, eu amei meu pai, que era muito presente, mas na narrativa coletiva, descobri que ele era próximo de Doriot", conta a pequena Marie.[8] Aos oito anos de idade, ela assiste, espantada, ao êxtase de sua mãe durante uma reunião política em que Doriot, deputado comunista e prefeito de Saint-Denis, inflama a multidão e convence-a a fundar o PPF (Partido Popular Francês), que colabora com o nazismo e se engaja na LVF (Legião dos voluntários franceses contra o bolchevismo) da Waffen-SS.

Você já se perguntou como uma criança pode amar um canalha? Basta que ela ignore que ele é um canalha e se apegue a um pai que é bondoso em casa, mas que se chama Mengele, Himmler ou Stálin. "Papai queria que eu estudasse bastante na escola", disse a filha de Pol Pot, que não tinha como saber que aquele "doce papai" tinha acabado de fechar as universidades e deportar os professores. A pequena Alessandra Mussolini cresceu entre narrativas que glorificavam seu avô Benito, o fascista. Como querer que ela não tivesse orgulho dele? Kira Alliluyeva viveu uma infância de conto de fadas, enquanto os responsáveis pelos expurgos, crimes e deportações brincavam com ela antes de assinar algumas condenações à morte. Por toda a vida, ela amou seu tio Stálin, parte da família. Ela se lembra de pessoas famintas que mendigavam comida, fica surpresa com a prisão de Génia, sua mãe, e não entende por que ela própria, uma jovem atriz despreocupada, foi parar na

---

8. M. Chaix. *Les Lauriers du lac de Constance. Chronique d'une collaboration.* Paris: Seuil, 2012. (Coleção "Points".)

prisão. Ela nunca fez relação entre o tio Stálin, tão gentil com ela, e as tragédias que ela via na rua. Mao Xinyu, neto de Mao Tsé-Tung, escreveu livros em homenagem ao avô. Raghad, filha mais velha de Saddam Hussein, declarou: "Tenho orgulho que este homem seja meu pai".

Outras crianças detestaram seus pais antes mesmo de saber que eles eram criminosos. A filha de Fidel Castro não sabia que ele era seu pai, pois ele nunca estava em casa e sua mãe nunca pronunciava seu nome. Somente aos doze anos lhe disseram que Castro era seu pai. O pequeno Niklas Frank não precisou descobrir que seu pai queimara com lança-chamas os sobreviventes do Gueto de Varsóvia (em abril de 1943), bastou-lhe ouvir os horrendos relatos de sua mãe.[9] O amor e o ódio por esses pais criminosos não dependiam da realidade, eles se formavam a partir da maneira como as pessoas de seu meio falavam sobre eles.

Quando uma criança começa a se desenvolver, ela sofre a pressão do corpo de sua mãe e de suas emoções. Por volta do terceiro ano de vida, com o acesso à fala, e por volta do sexto ano de vida, com o acesso às narrativas, a criança passa a habitar o mundo das palavras que ela ouve. É por isso que ela facilmente aprende a língua materna e adere a suas crenças. Todos nós somos determinados por aquilo que nosso meio nos conta. Somente ao continuar nosso caminho rumo à autonomia é que temos acesso a um grau de liberdade interior. E que podemos julgar, avaliar, interiorizar ou rejeitar as narrativas que ouvimos. Alguns de nós têm tanta necessidade de pertencer a um grupo, da mesma

---

9. K. Clarens; C. Hofstein *et al.* Dossiê "Mon père était um dictateur". *Le Figaro Magazine*, 17 jun. 2006, p. 35-40.

forma que pertenceram a suas mães, que eles interiorizam essas narrativas e evitam julgá-las. Qualquer tipo de crítica atenuaria essa reconfortante necessidade de pertencimento. Outros, ao contrário, adquirem tal confiança em si mesmos, graças à segurança que suas mães lhes proporcionaram, que ousam tentar a aventura da autonomia. Os que querem pertencer gostam de recitar as histórias da doxa como uma certeza deliciosa, um êxtase que lhes permite sentir confiança na "lógica da desrazão", de que falava Hannah Arendt.[10] Mas os que preferem continuar a exploração por si mesmos e não mais pelo que lhes foi dito adotam a estratégia do lavrador. Eles tocam as pedras, sentem o cheiro do barro e experimentam um prazer de compreender que está enraizado na realidade. Do outro lado, a felicidade dos extáticos arrebata a mente e a transporta para fora de si mesma, através de raciocínios desenraizados ou "delírios lógicos". A felicidade dos lavradores elabora um saber vivido sensorialmente, tocado, apalpado, ouvido, como o dos médicos em consultório, ao passo que o êxtase arrebata a alma e a leva para a utopia.

Esses modos de conhecimento se tornam antagonistas. Os extáticos, submetidos a narrativas desencarnadas, estão ávidos para morrer por uma entidade invisível designada por palavras sagradas, enquanto os lavradores são incapazes de se submeter a uma representação pura que diria toda a verdade. Eles sabem que às vezes a terra está seca, mas que ela pode ficar enlameada, eles gostam de matizar os testemunhos da vida real e, portanto, imperfeita.

---

10. H. Arendt. *Le Système totalitaire,* op, cit.

Contar o impossível

Desconfio das ideias claras, considero-as abusivas. Não gosto das ideias sombrias, ficamos confusos na escuridão. De onde vem essa maneira de tentar saber? Quando uma criança de sete anos chega à idade da filosofia, as palavras que ela ouve a fazem vislumbrar um tipo de mundo, e as narrativas que a cercam esclarecem algumas cenas do teatro de sua vida cotidiana. Quando a criança diz o que pensa, ela confere uma forma verbal ao que sente, muito mais do que ao que é.

Aos sete anos, fui condenado à morte por um crime que eu desconhecia. Eu sabia que não se tratava de uma fantasia de criança que brinca de imaginar o mundo, mas de uma real condenação. Numa noite de janeiro de 1944, fui acordado por homens armados, acompanhados por soldados alemães de sentinela no corredor. Sete anos é a idade em que o pensamento concebe a morte, quando a criança entende que a representação do tempo leva a um fim, a um não retorno inexorável.

Minha família já havia desaparecido; meu pai na guerra, minha mãe, ao me deixar numa instituição na véspera de sua prisão. Desaparecida, ela também. Apagados, os dois. Evaporada, minha família. Invisíveis, meus amigos. Sozinho, numa multidão de desconhecidos, presos como eu na sinagoga de Bordeaux transformada em prisão, cercada por arames farpados e soldados que nos ameaçavam com seus fuzis.

Como compreender isso, quando se tem sete anos? Como não ficar atordoado com um perigo enorme, incompreensível, insensato, que mata não se sabe por quê? Então nos sentimos melhor quando uma frase ilumina o mundo: "Os alemães são bárbaros que só pensam em matar". Essa ilusão de compreensão desperta um mundo psíquico assombrado pela agressão. Por que uma tropa inteira para me prender? Por que a estrada cheia de soldados armados? Por que arames farpados? Por que nos matar? Como agir com aqueles bárbaros? Matá-los? Sou pequeno demais. Fugir é a solução. Pronto. Está claro, me sinto melhor, mas não muito. Por muitos anos, fiz dessa lembrança um objeto de reflexão. Eu deveria ter escrito: "Fiz dessa lembrança um objeto de ruminação". Eu revia incessantemente a cena de minha prisão e o espetáculo íntimo de minha fuga. As imagens voltavam, sempre iguais, elas se impunham a mim como uma cena lancinante que dava forma a uma questão: "Por que me matar?".

Impossível falar sobre aquilo. Os adultos me faziam ficar quieto, para se protegerem: "Isso tudo acabou... recomponha-se... pense em outra coisa...". Eu só pensava numa coisa, mas não podia falar sobre ela. Uma vez inclusive provoquei gargalhadas quando narrei a cena de minha condenação à morte, quando um oficial orientava aqueles que iriam trabalhar na Alemanha a se dirigirem para uma mesa e aqueles que seriam mortos para outra: "Mas de onde você tira tudo isso... Você conta cada história...".

Depois da Libertação, eu estava com oito anos, lembro de pensar: "Os adultos não podem me ajudar, preciso me virar sozinho para entender o que matou meus pais e acabou com minha infância. Para dar sentido ao sem sentido, preciso colocar em ordem essas imagens que se impõem a minha alma". Não pensei com essas palavras, é claro, mas hoje as utilizo para ordenar minhas lembranças. Na época, encontrei duas soluções: "Quando eu for grande, escreverei romances em que o herói será meu porta-voz. Ele será preso pela Gestapo, como eu, mas conseguirá escapar. Ele encontrará pessoas maravilhosas que o protegerão e o ajudarão a se tornar mais forte que a morte. Ele esmagará o exército alemão e dirá ao mundo inteiro: 'Eu não merecia ser morto'". Assim reabilitado, meu herói viverá em paz.

Esse roteiro fantástico me dava um grande prazer, mas não correspondia realmente ao que eu esperava. Quando eu organizava minhas lembranças para transformá-las numa experiência compartilhável, eu voltava ao mundo, eu me sentia aceito, menos estranho, mas não era o que eu queria. Eu tinha a impressão de que a compreensão do horror me permitiria dominar melhor o agressor. Eu queria me tornar um cientista para combater o nazismo. Aos onze anos, imaginei que a ciência me daria alguns pedaços de verdade, com os quais eu construiria uma arma para combater os alemães. Eu precisava me voltar para isso para me tornar eu mesmo. Essa aspiração me mostrava o caminho. O sentido que eu dava à destruição de minha infância metamorfoseava minha maneira de sentir o que acontecera comigo. Não havia mais o horror da brutalidade do fato, mas uma representação agradável de escrever, um trabalho de compreensão de que eu gostava bastante. Eu precisava decifrar o mistério da prisão para escrevê-lo, a fim de que a infelicidade de morrer se transformasse em felicidade de compreender.

Hoje sei que essa reação de defesa (de legítima defesa) me protegia porque ela era delirante. A realidade estava em ruínas. Minha família de acolhida, mais enlutada que eu, atordoada pela guerra e pela perseguição, se calava a fim de não acordar os demônios. Quando as narrativas fazem voltar o horror, sem metamorfoseá-lo, a repetição das palavras faz a memória sangrar. Falar faz sofrer, então, se ninguém nos ouve, melhor nos calarmos.

Em minha vida, sempre que confessei meus sonhos, perdi amigos. O que eu contava era delirante demais, longe demais do que eles imaginavam sobre os acontecimentos. No entanto, meus sonhos me salvavam da louca realidade em que era normal matar uma criança. Se eu tivesse sido uma criança equilibrada, teria tentado me moldar à dor dos próximos a mim, sobreviventes como eu. Eu teria compartilhado de suas tristezas e participado de seu silêncio, pesado de lembranças impossíveis de contar. Eu teria aprendido qualquer profissão para permanecer com eles numa mágoa silenciosa entrecortada por tempestades.

Mais tarde, eles buscariam razões que não eram razoáveis, mas que davam uma forma verbal à ilusão de compreender: "Você diz que sente falta de sua mãe... mas eu fiz por você o que ela nunca teria feito... E é assim que você me agradece", e todo mundo sofria.

Felizmente, eu delirava. Eu me refugiava numa árvore oca, que se comunicava com subterrâneos em que eu era esperado por animais, bolas de afeto que não me julgavam. Mais tarde, encontrei num livro o menino Rémi, que não tinha família, que era constantemente abandonado, a quem o sr. Vitalis ensinara a montar espetáculos de rua, esquetes em que os papéis principais eram representados pelo cachorro Capi, seus dois amigos bastardos e o macaco

Joli-Cœeur.¹¹ O bando encenava, na praça da aldeia, os problemas da vida cotidiana.

Viver como vítima ou dar sentido à desgraça

Na adolescência, descobri *L'Enfant*, *Le Bachelier* e *L'Insurgé*, de Jules Vallès. Achei que o autor narrava a vida à qual eu aspirava. Uma infância constantemente ferida, uma dignidade reencontrada graças ao diploma que dava valor à criança--lixeira que eu era. O herói do romance, Jacques Vingtras, que estava no liceu, me explicava que a insurreição era necessária quando alguém era humilhado pela sociedade. Só se podia reencontrar a dignidade depois que a revolta restabelecesse a confiança da criança-farrapo dilacerada pela vida. Meu herói "insurgente" fora enviado ao Concurso Geral em que os alunos selecionados escreviam das oito horas da manhã às duas horas da tarde. Eles podiam almoçar ao meio-dia, então Jacques Vingtras cozinhava salsichas. Eu adorava essa cena porque ela dava forma a um reconhecimento intelectual associado a uma transgressão. Salsichas cozinhando sob os lambris da Sorbonne! Talvez seja uma falsa recordação, mas ela foi emblemática para o meu destino. Fiz dela uma representação marcante porque aquela situação me permitia pensar que uma criança estranha, expulsa da sociedade, podia

---

11. H. Malot. *Sans famille*. Paris: Belin, 1984. [Em português: *Sem família*. Adaptação de Virgínia Lefèvre. São Paulo: Abril Cultural, 1972. (Coleção "Clássicos da Literatura Juvenil".)]

mesmo assim tentar uma aventura humana num caminho necessariamente marginal.

Outro fantasma embelezava meu mundo: o gosto pela ciência. Eu acreditava que o fato científico revelava a verdade, ao passo que hoje penso que o fato científico é feito por um cientista. Ele não é uma mentira, ele não é um erro, ele é um segmento do mundo iluminado pelo método do pesquisador, tanto quanto por sua alma. Quando falamos da alma de uma casa, sabemos que as pedras não têm vida, mas temos a impressão de que uma força imaterial insufla em suas paredes uma vida imperceptível. O objeto da ciência não está fora do pesquisador. A escolha de uma hipótese fala de sua história, e o método que constrói o objeto provoca um sentimento que podemos definir como uma "contratransferência do objeto científico".[12] Quando um analisando expressa a seu psicanalista o amor ou o ódio que ele sente por sua pessoa, o analista em contrapartida sente um afeto seduzido ou condescendente, lisonjeado ou irritado, provocado pela transferência. Quando um trabalho clínico conta que as crianças com carência afetiva estão destinadas a se tornar delinquentes, o pesquisador que obteve esse resultado pode retirar dele as consequências práticas que quiser. Ele pode defender os laços familiares, culpabilizar as mães ou integrar esse dado a uma ação política que vise punir ou educar os futuros delinquentes.

Na época em que Jules Vallès[13] me encorajou a expressar a visão do mundo marginal ao qual eu estava relegado,

---

12. G. Devereux. *De l'angoisse à la méthode dans les sciences du comportement*. Paris: Flammarion, 2012.
13. J. Vallès. *L'Enfant, le Bachelier, l'Insurgé* (trilogia, 1859-1872). Paris: Omnibus, 2006.

li uma publicação científica que afirmava que uma ninhada de cachorrinhos privados de vitamina B12 produzia adultos temerosos, e que, aqueles que recebiam do responsável pelo experimento uma sobrecarga dessa vitamina, se tornavam adultos corajosos. Essa publicação, cientificamente discutível, alimentara minha necessidade de acreditar que uma infância perdida podia ser reparada. Eu queria acreditar que a fatalidade não existe, embora estivesse cercado de adultos que diziam não ser possível escapar do destino biológico, enquanto outros preferiam falar em destino social. O fato científico é produzido por um cientista que não escapa de sua visão de mundo, e o leitor interpreta esse fato segundo seus desejos nem sempre conscientes.

A sensação do clínico e o olho do comprador de cavalo constituem um saber de lavrador, menos científico e, no entanto, mais preciso que o conhecimento separado do real dos comedores de vento. Disseram-me que algumas crianças eram de má qualidade, que tinham uma cabeça onde as coisas não entravam direito, que cresciam num ambiente insalubre que as destinava à prisão, dados seus resultados escolares medíocres e suas brigas constantes. Eu pensava que, para escapar dessa maldição, bastava ficar calado e fazer segredo dessa infância. Até o dia em que, aos quatorze anos de idade, fui enviado para uma instituição onde a maior parte das crianças era formada por órfãos de guerra.[14] A diretora Louba havia trabalhado na Polônia com Korczak, o pediatra pedagogo que queria que a educação ocorresse numa "República

---

14. CCE, Comission Centrale de l'Enfance [Comissão Central da Infância], fundada por Joseph Minc em 1945. S. Bianchi. *Des larmes aux rires. Histoire et mémoires d'une organisation juive laïque progressiste. 1945-2020*. Paris: AACCE, 2021.

das Crianças".¹⁵ O cargo de educador não existia em 1950, aqueles que chamávamos "monitores" contavam suas próprias histórias, que podíamos questionar ou criticar. Muitas vezes, eles expunham a história do povo judeu, fascinante e difícil, feita de desgraças constantes e de vitórias contra a adversidade. A arte e o esporte organizavam nossos dias. As doces canções iídiches já não carregavam a dor, como durante a guerra, podíamos falar com toda segurança e cantar com toda poesia. Os debates com os monitores estruturavam nossas opiniões políticas e firmavam nossas tendências artísticas. Em poucos meses, a ideia que eu tinha de minha infância opressiva, forçada à dissimulação para ter o direito de viver, foi metamorfoseada. Perdi a vergonha de ser uma criança-menos, um sem-família. A morte de meus pais adquirira um novo sentido. Meu pai no exército francês e meu jovem tio na FTP¹⁶ alimentavam narrativas de honra e de resistência ao nazismo que me deixavam cheio de orgulho. A pequena República das Crianças do balneário de Stella-Plage fizera nascer em mim um alegre sentimento de pertencimento. Eu podia ser compreendido, bastava que eu me expressasse para não me sentir como um pária proibido de viver.

Diante do infortúnio, eu descobria duas estratégias para viver.

- Viver como vítima, como nos encorajava a doxa do pós-guerra. "As crianças sem família nunca

---

15. Janusz Korcazk, médico pedagogo, morto em Auschwitz em 1942 porque ele não teria suportado a ideia de deixar as crianças entrarem sozinhas na câmara de gás.
16. FTP: Francs-Tireurs et Partisans, combatentes da resistência comunista.

poderão se desenvolver", dizia uma cultura em que o trabalho, a família e a pátria eram valores supremos.

- A outra estratégia consistia em dar sentido à confusão, integrando-se a um grupo onde todos buscassem compreender o que havia acontecido para poder voltar aos trilhos. Dar sentido às coisas para sair do caos permite um trabalho de reconstrução. Quando a representação que o ferido faz de seu trauma está de acordo com as narrativas circundantes, familiares e culturais, o prazer e o orgulho de voltar a viver superam a infelicidade de ter sido mutilado.[17]

O trauma como objeto de ciência, portanto, não está separado da personalidade do pesquisador.[18] Quase poderíamos dizer que toda visão de mundo é uma confissão autobiográfica. Diga-me como você vê o mundo e lhe direi como sua vida construiu seu aparato de ver o mundo. Quando você escreve um romance em que o herói conta a sua história, quando você constrói um objeto científico a fim de compreender e dominar o agressor, você volta a se tornar senhor de seu mundo íntimo. Você não é mais uma folha levada pelo vento, você adquiriu um grau de liberdade.

---

17. E. Carensapt; M. Tousignant. "Immigrations and resilience: Making sense out of chaos". *In*: D. L. Sam; J. M. Berry (org.). *The Cambridge Handbook of Acculturation Psychology*. Nova York: Cambridge University Press, 2006, p. 471-473.
18. G. Devereux. *De l'angoisse à la méthode dans les sciences du comportement*, op. cit.

Antes de minha prisão, aqueles que me protegiam, escondendo-me, tinham dito: "Você não pode sair para buscar leite, um vizinho poderia denunciá-lo". A morte podia vir da denúncia de desconhecidos? O ambiente era perigoso. Por que, por muitos anos, pensei tantas vezes naquele soldado de uniforme preto na sinagoga transformada em prisão, que vinha se sentar perto de mim para me mostrar a fotografia de seu filho, com quem eu me parecia? Essa lembrança me intrigava e me acalmava. A morte nem sempre vinha dos alemães, portanto, não havia nada de inexorável, era possível escapar dela. Eu precisava dessa lembrança para me sentir leve, mas eu não podia compartilhá-la com os adultos que me cercavam porque eles precisavam da imagem da barbárie nazista, para se indignar e apontar os culpados.

Minha lembrança daquele soldado de uniforme preto é tão verdadeira quanto minha memória me mostra? Fugi escondendo-me embaixo do corpo de uma senhora moribunda. Ela tinha recebido várias coronhadas no ventre e o rompimento de sua parede abdominal a fazia sangrar à morte. Lembro-me de que um médico militar entrou na ambulância, examinou a moribunda, me viu escondido embaixo dela e, autorizando a partida para o hospital, me deu o direito de não morrer. A senhora não morreu e, cinquenta anos depois, quando conheci sua família, fiquei sabendo que ela dissera a Valérie, sua neta, que sempre se perguntara o que acontecera com o garotinho que se escondera embaixo dela. Ela também contara que a ambulância era uma caminhonete e que o capitão Mayer (Meyer?) dissera: "Não importa que ela morra aqui ou em outro lugar, o importante é que ela morra". Por que acreditei que ele me vira e que mesmo assim autorizara a partida? Talvez ela é que tenha se enganado ao atribuir palavras francesas ao capitão alemão? Ela também dissera à neta: "Encharquei aquele menino todo com meu sangue". Por que não tenho nenhuma lembrança disso? Minha necessidade de acreditar que a morte não era fatal constituiu uma esperança delirante que me deu forças para não me submeter a ela. Eu gostava de pensar que aquele soldado, ao ordenar a partida, me autorizava a viver, provando assim que o mal não é fatal. Mais tarde, pensei comigo mesmo: "É possível combater o destino estudando medicina para retardar a morte, também é possível tentar compreender o mundo íntimo dos assassinos para enfraquecer suas certezas fanáticas".

Aprender a ver o mundo

No dia 26 de março de 1905, Viktor Frankl por pouco não nasceu no famoso Café Siller, onde sua mãe sentiu as primeiras contrações. Ele chegou ao mundo na bela cultura vienense onde os intelectuais europeus se encontravam. O recém-nascido foi criado por uma mãe orgulhosa de suas origens, numa família de escritores e médicos tchecos em que seu tio Oskar Wiener, autor de contos fantásticos, frequentava o círculo dos poetas de Praga. Foi nessa cultura que Gustav Meyrink concebeu o argumento do Golem[19], a

---

19. G. Meyrink. *Le Golem* (1915). Paris: Flammarion, 2003. [Em português: *O golem*. Tradução de Petê Rissatti. São Paulo: Carambaia, 2021.]

criatura descrita nos salmos do Talmude que tem em sua fronte de argila a inscrição *Emet*, que em hebraico significa "verdade". Não se fie em sua clareza, pois basta que a chuva ou o sol apaguem o "e" para que surja a palavra "met", que significa "morte". As palavras insuflam um mundo mental aos seres humanos, que, sem linguagem, seriam apenas matéria. O poder das palavras é tão grande, nos diz o Golem, que o menor acontecimento pode mudar seu significado e nos fazer ver um mundo diferente. Viktor estava imerso no mundo mental de uma mãe calorosa e culta que sabia brincar com a polissemia de uma palavra de vários sentidos. A palavra "secretária" designa, dependendo do contexto, um móvel ou uma profissão, e ninguém confunde uma com a outra. À noite, para fazer Viktor dormir, sua mãe cantava uma canção de ninar: "Fique calmo, meu pestinha"[20], e o menino, tranquilizado pela canção e o vocábulo afetuoso "meu pestinha", pegava no sono com toda tranquilidade. O apego de Viktor por sua mãe era intenso. Sempre que passava por ela, ele não perdia a ocasião de lhe dar um beijo. Por seu pai, ele sentia um pequeno distanciamento afetivo, comum aos pais daquela época.

Em 1905, Viena era chamada de "a Vermelha", pois os sociais-democratas tentavam humanizar a indústria, construindo confortáveis moradias operárias e encorajando as artes populares. Como em toda a Europa Central, mudava-se de país sem mudar de casa, mudava-se de língua ao sabor das decisões políticas. Viena era multicultural, com seus poloneses, seus alemães, seus húngaros, seus italianos e

---

20. V. E. Frankl. *Recollection: An Autobiography*. Nova York: Basic Books, 2000, p. 19.

seus judeus, felizes e orgulhosos de pertencer a todas aquelas culturas. Klimt, em 1901, fascinava com suas cores vivas e seu grafismo estranho. A música de Schönberg ganhava espaço ao lado de Haydn, Mozart, Beethoven e Liszt. Freud e Stefan Zweig se viam na posição de inovadores. Desde 1880 os pogroms da Rússia levavam até Viena judeus estrangeiros que conviviam com aqueles que, totalmente assimilados, se sentiam austríacos. O antissemitismo dos pogroms e o caso Dreyfus na França (1894) foram um presente inesperado para o fundador do sionismo, Theodor Herzl (1860-1904). Esse jornalista judeu se acreditava alemão até ser surpreendido pela tempestade antissemita. A imensa maioria dos judeus europeus, hostis ao sionismo, não tinha nenhum sentimento de "nacionalidade hebraica".[21] Era em seu próprio país que eles queriam combater o antissemitismo, até que a Shoah os obrigou a mudar de opinião.

Um antissemitismo insidioso freava o acesso a cargos administrativos e universitários, e às vezes excluía os judeus, o que paradoxalmente os livrou da formatação escolar. Esse obstáculo "fazia com que eles se beneficiassem de grande liberdade mental e de expressão".[22] Quando Freud, "ao longo de seu primeiro ano de universidade, percebeu que esperavam que ele se sentisse inferior em razão de sua 'raça' [...] ele reagiu por meio do desafio [...] para não se submeter ao veredicto da 'maioria compacta'".[23]

---

21. J. Le Rider. *Les Juifs viennois à la Belle Époque*. Paris: Albin Michel, 2013.
22. Y. Slezkine. *Le Siècle juif*. Paris: La Découverte, 2008.
23. P. Gay. *Freud, Une vie*. Paris: Hachette, 1991, p. 687. [Em português: *Freud, uma vida para o nosso tempo*. Tradução de Denise Bottmann. São Paulo: Companhia das Letras, 2012.]

Freud, judeu sem Deus, poderia ter seguido uma carreira universitária clássica seguindo a via expressa dos diplomas. Ele preferiu traçar sozinho sua trilha escarpada, em vez de se submeter à repetição que leva ao diploma, mas não estimula o pensamento.

Stefan Zweig teve a mesma reação. Ele se considerava um hóspede ativo da cultura austríaca quando escreveu: "É em Viena que mais facilmente podemos nos sentir europeus e evitar a loucura de um mundo fanático e nacionalista".[24] Schönberg também se acreditava músico europeu quando descobriu que era judeu, em 1921, no dia em que a prefeitura o excluiu das salas de concerto.

Rudolf Höss chega ao mundo em 1901, na elegante cidade alemã de Baden-Baden. Seu ambiente natal é composto por uma mãe que o menino mantém à distância e por um pai que está sempre ausente, viajando para cuidar de seus negócios. A primeira infância de Rudolf é caracterizada por uma solidão desejada, numa casa de subúrbio à beira da floresta. As relações pouco afetivas de seu lar são compensadas por um amor desmesurado pelos animais: "Desenvolvi--me como uma criança solitária. Nunca fui tão feliz quanto quando brincava sozinho. Eu não suportava ser olhado pelos outros".[25] Ele tem cinco anos de idade quando a família se muda para Mannheim. A partir de então, seu pai se torna uma presença diária e encanta o menino, contando-lhe suas batalhas coloniais no leste da África. Rudolf sonha em se

---

24. S. Heyman. "In secret of Freud's Vienna, from couch to cafes". *New York Times*, 29 ago. 2014.
25. R. Höss. *Commandant of Auschwitz* (1951). Londres: Phoenix Press, 2000.

tornar missionário para levar a grande civilização branca à lúgubre África negra. A febre religiosa do pai arrasta o menino a peregrinações a Einsiedeln, na Suíça, e Lourdes, na França. Rudolf fica orgulhoso de obedecer prontamente a qualquer pedido de seus professores, dos padres e mesmo dos criados. O pai morre quando o menino tem treze anos e ele imediatamente sente "falta da mão forte e dirigente do pai".[26] Ele, criança selvagem, se sente angustiado com o afeto: "Sempre combati, desde meus primeiros anos, todo sinal de ternura".[27] Ele sente prazer em se deixar guiar. Ele precisa tanto de alguma autoridade que, quando as circunstâncias o impedem de se confessar, ele experimenta uma grande angústia que só se acalma quando ele pode novamente se purificar e ser punido para expiar seus erros.

Em 1911, Josef Mengele nasce em Günzburg, uma bonita cidade da Baviera. Sua infância é vivida numa casa sem pai, como era regra na Europa industrial. A presença materna era fraca, num lar que valorizava o êxito social. O pai criara uma empresa de máquinas agrícolas e, em 1914, quando ele precisou se alistar no exército alemão, sua mulher corajosa e autoritária o substituiu com eficácia. Josef, o filho mais velho destinado a seguir os passos do pai, não se interessa muito pela empresa. Seus colegas de liceu contam que ele sonhava se tornar famoso: "Um dia vocês verão meu nome na enciclopédia".[28] Nessa família, "as relações são regidas pelo respeito... o pai é frio e a mãe, sem afeto".[29]

---

26. Ibid., p. 32.
27. Ibid., p. 36.
28. G. L. Posner; J. Ware. *Mengele: The Complete Story*. Nova York: McGraw-Hill, 1986, p. 5.
29. Ibid., p. 5.

Josef é um aluno bastante bom e muito sociável. Ele se interessa por biologia, zoologia, "filosofia natural" e principalmente antropologia. Essas palavras não designam exatamente as mesmas disciplinas científicas de hoje. A biologia da época se interessava pela distribuição das células vistas no microscópio, ao passo que hoje ela descreve a química intracelular fotografada com microscópicos eletrônicos. A zoologia era uma disciplina cobiçada que estudava a anatomia comparada, a fim de produzir uma classificação dos seres vivos. Quando os nazistas utilizavam a palavra "antropologia", eles se referiam a uma ordem natural, em que essa ciência tinha a missão de categorizar os seres vivos a fim de hierarquizá-los. Implicitamente, esse pensamento colocava o homem no topo da escala do mundo vivo.

Na época de deixar a família, o jovem Josef queria se tornar dentista, pois gostava muito de trabalhos artesanais. Mas ele se inscreveu em medicina para realizar um postulado fantasioso: "É fascinante descobrir a que ponto os seres humanos são desiguais. A antropologia é a ciência que pode construir tal representação". Nessa atitude epistêmica, a ciência é utilizada para fundamentar uma representação *a priori*: "Sinto prazer em encontrar argumentos de anatomia comparada que dão corpo a minha visão hierarquizada dos seres vivos e da condição humana", ele poderia ter dito.

O jovem Josef Mengele acreditava em sua estrela. Ele estudava com afinco e obtinha bons resultados. Ele fazia equitação e esquiava, desenvolvia laços de amizade com facilidade, se expressava com desembaraço, desprezava a Igreja católica, que via como uma empresa comercial, e se engajava na Cruz Vermelha austríaca para ajudar os necessitados. Simpático, tudo isso! Talvez até revelador de um equilíbrio mental, de uma vontade de fazer alguma coisa com a própria vida, dar-lhe um sentido.

Senti o mesmo interesse de Josef Mengele pela classificação das raças. Depois da guerra, com doze anos de idade, fui deixado por alguns meses com um casal de jornalistas, os Sergent, que moravam na Rue Raynouard, em Paris, no bairro onde seria construída a Maison de la Radio. Eles eram gentis, ela era muito bonita, eles gravavam em casa, no térreo, os programas de rádio e as canções de Jean Sablon.

"Por que você marcou um encontro sob a chuva.
Pequena de olhos tão doces, tesouro que amo..."

Na prateleira de baixo da biblioteca, havia uma belíssima enciclopédia das raças, que eu folheava com interesse. Lembro-me da fotografia de um asiático enrugado, e de me perguntar: "O que se passa na cabeça de um chinês que vive num país distante, em outra cultura?". O mundo interior de um índio com suas belas plumagens me fazia pensar na caça ao bisão, e eu me perguntava o que sentiriam os negros cujos ancestrais tinham sido escravizados. Eu não me dava conta do estereótipo por trás de minhas perguntas, pois era a primeira vez que eu as fazia. Eu já sentia o desejo de descobrir outros mundos mentais.

Hoje entendo, ao escrever essas linhas, que Josef Mengele, ao ver as mesmas fotografias, teria sentido o prazer do sentimento de superioridade. Ele já procurava na forma dos crânios e das mandíbulas os indícios anatômicos que provassem a inferioridade. Ao ver a mesma fotografia, alguns sentem o prazer de explorar, outros se deleitam com o sentimento de superioridade. Lembro-me de um paciente que estudava engenharia, um excelente jogador de futebol que, sempre que marcava um gol, se sentia triste por tornar infelizes os jogadores do outro time. Ele sofria de melancolia e interpretava qualquer acontecimento de sua vida cotidiana como um infortúnio pelo qual se sentir culpado. A percepção de um mesmo fato – peles de cores diferentes, paisagens panorâmicas, um gol no futebol – pode despertar em nós representações muito diferentes. O sentimento assim incitado se torna fonte de condutas opostas. Meu paciente se punia por tornar os outros infelizes, enquanto eu sentia o prazer de descobrir outros mundos. Mengele, por sua vez, utilizava a ciência para satisfazer seu gosto pela hierarquia dos seres humanos, o que o preparava para a busca de soluções para a eliminação dos seres inferiores da sociedade. Essa era sua visão de mundo.

Em 1930, Josef Mengele, jovem médico, trabalhador amigável, se depara, durante uma reunião em Munique, com a doutrina racista. Essa teoria dava uma forma verbal à sua maneira de sentir o mundo. Ele, que se acreditava de esquerda, foi seduzido por uma narrativa que correspondia à filosofia natural à qual ele aspirava. A ciência lhe fornecia matéria para fantasiar e pretextos para engajamentos sociais. O jovem médico pensava cada vez mais na eliminação das vidas sem valor que custavam caro ao Estado e impediam a boa educação dos jovens saudáveis. Em nome dessa moral, trezentos mil doentes mentais inúteis e custosos foram eliminados.

Freud era um desses jovens médicos fascinados pela antropologia, abordagem científica que estudava o homem em suas competências biológicas, sociais e culturais. Quando Sigismund Schlomo Freud chegou ao mundo no ano de 1856, em Freiberg, na Morávia, ele ainda não era austríaco. Na época, muitos habitantes da Europa central mudavam de nacionalidade quando os acontecimentos políticos deslocavam as fronteiras. O menino Freud se desenvolveu num nicho familiar onde as estruturas de parentesco eram confusas. Sigismund tinha um conhecimento aproximativo de suas origens judaicas alemãs, lituanas e galícias. "O que devia modelar seu desenvolvimento afetivo... [seria] a trama emaranhada de suas relações familiares".[30] Os laços de parentesco embaralhados eram regra naquela época, em que a expectativa de vida das mulheres não ultrapassava os quarenta anos e em que uma a cada duas crianças morria durante os primeiros anos de vida. Viúvos geralmente voltavam a se casar, como foi o caso do pai de Sigismund. Quando Jakob Freud se casou com Amalia, sua terceira esposa, ele estava com quarenta anos e ela, vinte. Jakob tinha dois filhos de um casamento anterior. Emmanuel, o mais velho, vivia na vizinhança do casal, e Philipp, o mais novo, tinha mais ou menos a mesma idade de Amalia, tanto que o pequeno Sigismund por muito tempo pensou que seu irmão fizesse par com sua mãe. Freud deve ter se sentido aliviado quando, depois da morte de seu pai, ele ousou formular que uma aventura familiar como a de Édipo apresentava o problema de um complexo sexual intrafamiliar que os seres humanos chamavam "incesto".

---

30. P. Gay. *Freud*, op. cit., p. 9.

Explorar o mundo ou hierarquizá-lo

Em 1925, Freud escreve seu breve esboço autobiográfico[31] e evoca um judaísmo tranquilo: "Sou um judeu sem Deus, porque minhas raízes são judaicas. Não sinto necessidade de me refugiar num grupo de autodefesa onde os judeus se radicalizam, solidarizando-se para enfrentar o adversário. É por isso que não preciso pensar na criação de um Estado judeu. Israel, no Oriente Próximo, colocará inúmeros problemas".[32] Numa carta ao sionista Chaim Koffler (de 26 de fevereiro de 1930), Sigmund Freud afirma lamentar "que o fanatismo pouco realista de nossos compatriotas tenha sua parte de responsabilidade no despertar da desconfiança dos árabes".[33] Essa correspondência foi publicada na *Revue d'études palestiniennes* e na Itália antes de chegar à França.

Num contexto europeu em que o antissemitismo se desenvolvia, o aluno Freud não estava cercado de antissemitas. Carl Claus, professor de zoologia, havia notado o jovem Freud e o convidara para um estágio no laboratório de biologia marinha de Trieste, para tentar responder à pergunta que todos se faziam: "Onde foram parar os testículos das enguias?".[34] Carl Claus enviava regularmente a Freud

---

31. S. Freud. *Ma vie et la psychanalyse*. Paris: Gallimard, 1949. [Em português: *Minha vida e a psicanálise*. Rio de Janeiro: Atlântida, 1934.]
32. É. Roudinesco. "À propos d'une lettre inédite de Freud sur le sionisme et la question des lieux Saints". *Cliniques méditerranéennes*, 70, 2004.
33. "Carta de Freud datilografada em alemão" (1930). Tradução de Jacques Le Rider. *Cliniques méditerranéennes*, 2004, 70 (2), p. 5-17.
34. P. Félida; D. Widlöcher (org.). *Les Évolutions. Phylogenèse de l'individuation*. Paris: PUF, 1994.

as publicações de Huxley e Darwin, para convencê-lo do evolucionismo, pois o futuro psicanalista e aluno brilhante, extremamente ambicioso, sonhava descobrir os mistérios da natureza. Atraído pela filosofia de Ernst Brücke e pela clínica teatral de Charcot, Freud não se interessava pela trajetória universitária. Ele preferiu seguir seu próprio caminho, como costumam fazer os fundadores de novas disciplinas.

Darwin deixou sua marca no pensamento evolucionista dos biólogos, dos psicólogos e dos nazistas. Mas a interpretação do fato evolutivo diferia, dependendo da disciplina. Para compreender esses destinos opostos do conceito de evolução, convém situá-la em seu contexto. Em meados do século XVIII, Lineu classificou o homem entre os animais. Os espiritualistas ficaram horrorizados. Para Darwin, o homem, mamífero próximo do macaco, pode se extirpar da condição animal graças a um cérebro que lhe dá acesso ao mundo da ferramenta e do verbo. Para ele, os seres vivos não são hierarquizados[35], eles se adaptam mais ou menos bem às variações do ambiente. O mais apto a viver e a se reproduzir nesse ambiente é que será favorecido pela seleção natural, não necessariamente o mais forte. Esse pensamento ecossistêmico não satisfaz aqueles que adoram as relações de dominação. Quando Freud percebia uma diferença entre dois universos mentais, ele sentia a felicidade dos exploradores; Mengele, ao contrário, via nela a prova de uma hierarquia natural. Essa interpretação do mundo despertava o prazer de obediência que leva à dominação. A palavra "interpretação" corresponde ao que os músicos fazem quando, a partir de

---

35. C. Grimoult. "Darwin a-t-il déchu l'espèce humaine?". *Sciences humaines*, 2021, 61, p. 19.

uma mesma partitura e de um mesmo instrumento, eles dão uma vida diferente à mesma música. As observações de Darwin passaram por esse mesmo fenômeno de tradução dos fatos.[36] No século XIX, os estereótipos diziam que o homem era de natureza sobrenatural, pois ele tinha uma alma. Adão, o "argiloso", saía do barro graças ao sopro do espírito invisível que lhe permitia dominar as coisas e os seres vivos. A ideia de descender de um macaco provocava indignação ou gargalhadas. A sra. Wilberforce teria dito: "Meu Deus, desde que ninguém saiba!". Muitos biólogos viam na teoria da evolução uma representação coerente das mudanças anatômicas e comportamentais da descendência dos animais de uma mesma espécie. Outros intelectuais viam nela a prova do fundamento natural da hierarquia entre os seres vivos. "Com o darwinismo, entramos claramente na hierarquização das raças."[37] Embora Darwin demonstrasse que o organismo que conseguia sobreviver estava mais apto a se reproduzir e a manter a espécie viva num novo ambiente, Francis Galton fazia disso a prova de que somente os mais fortes mereciam viver, o que legitimava "a eliminação dos fracos, dos doentes mentais, dos desajustados sociais e dos criminosos".[38] Os pobres e os doentes estavam, portanto, no devido lugar na base da escala social, pois assim ditava a lei da seleção natural.

    A interpretação do fato depende da personalidade do observador e da conotação afetiva com que ele o colore.

---

36. J. Bowlby. *Charles Darwin. Une nouvelle biographie.* Paris: PUF, 1995.
37. A. Pichot. *La Société pure. De Darwin à Hitler.* Paris: Flammarion, 2000, p. 326. [Em português: *A sociedade pura: de Darwin a Hitler.* Tradução de Maria Carvalho. Lisboa: Instituto Piaget, 2002.]
38. D. Aubert-Marson. *Histoire de l'eugénisme.* Paris: Ellipses, 2010.

Alguns acreditam que, se a sobrevivência depende da adaptação, precisamos diminuir as condições adversas para ajudar os menos aptos. Por outro lado, aqueles que percebem a vida como uma escala de força admiram os dominadores e legitimam a eliminação dos fracos. Eles não se interessam pelas pessoas simples, não tentam conhecer seu mundo e são indiferentes a seus sofrimentos. A empatia não se desenvolve dentro deles, o que explica sua surpreendente ausência de culpa diante de leis que ordenam a eliminação das vidas sem valor. Suprimir as zonas gangrenadas da sociedade, os fracos, os doentes, os loucos e os que perturbam a ordem pública se torna para eles uma necessidade higiênica. Levar a boa religião e a tecnologia superior aos atrasados da civilização – os africanos e os asiáticos – se torna um ato moral. Para uma chave interpretativa dessas, "o colonialismo é uma virtude e o homicídio dos fracos se torna uma fonte de benefícios e progressos sociais".[39]

Os pensadores da higiene social eram pessoas cultas. Graças a seus trabalhos e conhecimentos científicos, eles tinham acesso aos lugares de decisão política. Alexis Carrel foi apoiado quando defendeu os "que amam a beleza, que procuram na vida algo que não o dinheiro... Devemos [lhes] fornecer o ambiente que lhes convém, em vez das adversas condições da civilização industrial".[40] Esse retorno a uma vida pacata e bela é valorizado pela cultura atual. Alexis

---

39. J. Chapoutot. *La loi du sang. Penser et agir em nazi*. Paris: Gallimard, 2014.
40. A. Carrel. *L'homme cet inconnu* (1935). Paris: Plon, 1999, p. 434. [Em português: *O homem, esse desconhecido*. Tradução de Evelyn Tesche. São Paulo: Edipro, 2016.]

Carrel foi admirado, em 1912, quando recebeu o prêmio Nobel de Medicina por ter aperfeiçoado a sutura dos vasos sanguíneos. Ele teria merecido um outro por sua técnica de cultura de tecidos em medicina experimental. Mas esse grande cientista acompanhava humildemente os doentes a Lourdes e assistia a curas milagrosas, que ele testemunhava para confirmar sua crença nos milagres divinos. Em seu desejo de curar a sociedade, ele escreveu: "Os anormais impedem o desenvolvimento dos normais. [...] Acabaremos com a loucura e o crime através de um melhor conhecimento do homem, através do eugenismo [...] através do chicote ou através de qualquer outro meio mais científico. [...] Um estabelecimento eutanásico, abastecido com o gás apropriado, permitiria seu uso de maneira humana e econômica".[41] Esse é o mesmo argumento das "vidas sem valor", que considerava moral eliminar os fracos para aumentar a força dos fortes. Ernst Rüdin, psiquiatra geneticista suíço, aprovou, a pedido de Hitler, a lei de esterilização forçada (1934), a fim de eliminar os esquizofrênicos, os deficientes mentais, os cegos, os surdos e os alcoólatras.[42] Em 1939, ele recebeu a medalha Goethe por seu trabalho científico, que legitimava a eliminação de crianças de má qualidade. Seu trabalho foi utilizado pela propaganda nazista, que criou uma imagem em que um homem de rosto medonho, corpo deformado e pernas tortas aparecia ao lado de um homem bonito e sorridente, bem-vestido e bem penteado. Como numa história em quadrinhos, lia-se: "Este homem, que

---
41. Ibid., p. 435-436.
42. M. S. Micale; R. Porter (org.). *Discovering the History of Psychiatry*. Oxford: Oxford University Press, 1994, p. 284.

sofre de uma doença hereditária, custa 60 reichsmark". As vidas sem valor são caras e aquela montagem queria dizer: "É lógico se gastar tanto dinheiro com seres humanos de tão baixa qualidade?". Adivinhe a resposta. Essa argumentação emocional provocava uma indignação virtuosa, em que o espectador era levado a pensar: "É chocante prejudicar a vida de um homem de qualidade para manter um de má qualidade". Em 1945, ao fim da guerra, Ernst Rüdin afirmou que escrevera um simples trabalho acadêmico. Ele foi punido com uma multa de quinhentos marcos e, depois de ter sido condecorado duas vezes por Hitler, seguiu sua carreira nos Estados Unidos e voltou a Munique para morrer, em 1952.[43]

Enfrentar

Quando Alfred Adler nasceu, em 1870, seu aparato de ver o mundo se formou num ambiente familiar pouco estimulante. Seu primeiro círculo familiar era composto por uma mãe dedicada ao marido comerciante e ao filho mais velho e dominador. Alfred viu seu lar se ampliar com a chegada de mais quatro irmãos. Muito fraco fisicamente (falava-se em raquitismo) e muito emotivo, a ponto de ter soluços espasmódicos à menor contrariedade, o menino teve dificuldade de encontrar seu lugar naquele lar pouco protetor. Quando o irmão seguinte chegou, Alfred pensou que o bebê lhe roubaria a mãe, o que era

---

43. J. Joseph; N. A. Wetzel. "Ernst Rüdin: Hitler's racial hygiene mastermind". *Journal of the History of Biology*, 2013, 46 (1), p. 1-30.

justificável, pois ela precisou cuidar de um bebê doente que logo morreria.

Na escola, Alfred era um aluno mediano, ruim em matemática, o que agravava sua falta de autoestima. Os professores queriam orientá-lo para um ofício manual, mas fisicamente ele teria tido dificuldade de seguir o ritmo. Felizmente, aquele menino enfermiço, aluno medíocre, tinha uma grande qualidade: ele amava os outros, era curioso com o mundo. Na teoria do apego, é possível avaliar esse impulso na direção do outro, essa sociabilidade. Quando uma criança consegue nomear de quatro a seis amigos, quando ela consegue confiar na mãe em caso de preocupação, estima-se que ela tenha o chamado apego "seguro", um precioso fator de proteção e socialização. Na adolescência, o frágil Albert se tornou mais forte. Sua dedicação ao estudo compensara as notas ruins em matemática, o que lhe permitira inscrever-se em medicina, fazer um bom curso e abrir um consultório privado em 1897. Ele não era um acadêmico, mas seu prazer de tentar compreender seu ofício o levou a escrever um livro um ano depois da abertura do consultório.[44] Nele, já encontramos aquilo que será o centro de sua vida e de suas pesquisas: um ser humano não é um indivíduo posicionado numa escala hierárquica, mas uma pessoa produzida por pressões sociais.[45] Aos 37 anos, ainda próximo de Freud, ele publicou o livro que organizou suas reflexões sobre a compensação

---

44. A. Adler. *Livre de santé pour le métier des tailleurs* [*O livro de saúde para os alfaiates*], 1898.
45. H. Schaffer. *La Psychologie d'Adler*. Paris: Masson, 1976, p. 9.

psíquica de um sentimento de inferioridade.⁴⁶ A escolha do objeto científico não é externo à história de vida do pesquisador. Pelo contrário, os acontecimentos de sua infância o tornam sensível a um tipo de fato que ele agencia para transformar no tema de suas pesquisas. A infância de Adler o tornara sensível à inferioridade psíquica e não ao pansexualismo que centrava as reflexões de Freud.⁴⁷

Extraímos do mundo real aquilo que nossa história ilumina. Quando eu atendia em consultório, compreendia com facilidade os dilaceramentos afetivos da infância caótica de alguns de meus pacientes. Eu ficava espantado com o número de vítimas de incesto que vinham falar na intimidade do consultório. Aquelas mulheres (às vezes homens) expulsos da sociedade por essa grande transgressão, não podiam dizer em público aquilo que lhes acontecera. Elas eram privadas de palavra, como eu fui nos anos do pós--guerra, quando não acreditavam em mim, ou quando me explicavam gravemente que meus pais tinham sofrido em Auschwitz porque eles tinham cometido grandes pecados. Os que falavam assim interpretavam o mundo como uma hierarquia de erros que precisavam ser punidos. As mulheres estupradas costumam ouvir: "Sem querer, você deve ter provocado isso". Não é raro que as vítimas de incesto sejam acusadas de implicar seu pai: "Eu conheço seu pai, ele nunca faria isso". Acontece inclusive de as vítimas incorporarem em suas memórias os estereótipos do contexto: "Sem querer, devo ter provocado isso".

---

46. A. Adler. *Compensation psychique de l'état d'infériorité organique*. Paris: Payot, 1956.
47. H. F. Ellenberger. *À la découverte de l'inconscient. Histoire de la psychiatrie dynamique*. Villeurbanne: Simep, 1974.

Ao contrário do que costumamos pensar, é menos difícil conversar com um estranho do que com um conhecido. A proximidade afetiva confere peso demais às palavras. Como dizer aos próprios filhos que o avô que eles tanto amam fingia dormir numa poltrona e, de repente, agarrava a filha que passava e a estuprava? Como os amigos poderiam aceitar uma história dessas, incompatível com a imagem do avô gentil? O olhar distanciado facilita a objetividade. A distância afetiva permite abrir os olhos. Será por isso que o teatro, o cinema e a literatura constituem um verdadeiro catálogo de crimes, guerras, estupros e incestos, que os heróis ficcionais expõem ao público porque o testemunho direto teria sido impossível?

Quando o indivíduo não tem lugar na cultura em que vive, a discordância entre os relatos coletivos e o relato interior dão àquele que conta seu trauma a impressão de estar fazendo uma confissão. A distância afetiva dilui a emoção, ao passo que na intimidade qualquer silêncio provoca mal-estar, uma palavra errada pode ferir: "Por que mamãe se cala quando pedimos para falar sobre seu pai, nosso avô? Por que papai nunca fala de seu país de origem?".

Quando a cultura se interessa por esses traumas não ditos, ela restabelece uma concordância entre os relatos coletivos e o relato da pessoa envolvida. Ela pode enfim se expressar, sem medo e sem restrição, "do jeito que dá". Quando se sente inteira, ela fala tranquilamente. Mas quando ela conta em público o que poderia dizer em privado, sua família costuma se ressentir dessa "confissão" como de uma traição: "Ela fala de si na frente de todos, mas para nós não diz nada".

No incesto, a mulher abusada percebe a enormidade do crime que sofreu. Quando ela ousa ir à delegacia, com frequência faz a família implodir. A impossibilidade de provas reduz a confrontação a uma batalha de afirmações. O mesmo acontece com a memória da Shoah quando um filho de sobreviventes encontra um negacionista. A discussão fica difícil quando o "complotista" ri, interpreta os documentos à sua maneira ou fica indignado: "Comigo não aconteceu nada". Para ele, o criminoso é que está sendo perseguido com acusações injustas, pois "Auschwitz nunca existiu".

Como falar sobre essas coisas com as palavras do cotidiano? Durante um jantar agradável, meu amigo Gonzague Saint Bris me pediu para contar como tinha sido minha prisão, minha fuga e minha passagem por instituições às vezes abusadoras. O contexto era agradável, os pratos estavam deliciosos, as mulheres tinham se arrumado e os homens se esforçavam para dizer coisas interessantes, e de repente Gonzague me pedia para falar de minha infância miserável, no mesmo tom! "Se eu falar", pensei, "vou aterrorizá-los, acabar com o encanto da noite ou, pior ainda, vou deixá-los ávidos por minha desgraça." Embora os relatos públicos estimulem a opinião pública, que atribui um prêmio Goncourt ao *O último dos justos*, em 1959, organiza processos espetaculares, como o de Eichmann, em 1961, e produz filmes como o comovente *Quinta-feira trágica*, de 1974, a discrepância é total. As narrativas públicas não entravam nas famílias, mas seu olhar externo apaziguava os feridos.[48]

---

48. F. Azouvi. *Français, on ne vous a rien caché: La Résistance, Vichy, notre mémoire*. Paris: Gallimard, 2020.

Clareza abusiva

Desconfiemos das ideias claras, elas são redutoras. Hannah pode amar um homem que deixou uma marca em sua alma, que orientou seu pensamento, mas que seguiu um caminho que ela não podia mais seguir. Hannah ainda ama Heidegger, reconhece sua influência, mas fica desconcertada quando ele encoraja a destruição dos judeus. Não é uma incoerência de seu pensamento, o caminho é que se torna divergente, depois de deixar em sua memória uma marca de felicidade afetiva. Ela nunca amou um nazista, ela foi seduzida pela inteligência de um homem que se tornou nazista, ela ficou impressionada, fascinada com o professor que ficava de joelhos para lhe declarar seu amor. Quando Hannah, em 1933, descobriu que seu amante desejava eliminar os judeus, ela não conseguiu apagar de sua memória os momentos felizes que tinha vivido com ele.

Somos moldados por aquilo que vivemos. Hannah, que viveu uma experiência afetiva com um homem que ela deveria ter odiado, assistiu, mais tarde, ao processo de Eichmann em Jerusalém. Ela viu um homem que havia cometido atos monstruosos (um homem, e não um monstro). O pensamento radical é tão claro que se torna abusivo, ele revela o que pensamos, ele reduz um homem ao ato monstruoso que ele cometeu. Hannah percebe que aquele homem é um sujeito banal. Ela compreende que, em 1944, encarregado de aplicar na Hungria a "solução final" decretada durante a conferência de Wannsee, Adolf Eichmann fez um excelente trabalho administrativo: ele organizou os documentos das deportações, das requisições de trens que levaram às câmaras de gás 450 mil judeus em poucos meses. Aquele grande criminoso era um funcionário dedicado, feliz de realizar seus sonhos, carimbando documentos, organizando fichários, condenando à morte com um simples canetaço dezenas de milhares de pessoas por dia: "Tenho a sensação de ter matado cinco milhões de judeus. Isso me dá muita satisfação e prazer".[49] A obediência é um bom negócio quando ela permite assassinar milhões de seres humanos por puro prazer.

A morte, para Eichmann, não significava nada. A sua não mais que as outras. Estar vivo, não estar vivo, matar, morrer, dá tudo na mesma. Quando Eichmann subiu ao cadafalso, em maio de 1962, ele estava sorrindo. Ele bebeu seu copo de vinho, recusou o capuz que o algoz colocava na cabeça dos enforcados e caminhou tranquilamente até a forca. Estar vivo ou não estar, qual a diferença?

Talvez eu o surpreenda, mas penso que esses crimes sem emoção e sem culpa não são raros, e que muitos seres humanos são capazes de cometê-los. Não se trata de anedonia, entorpecimento da capacidade de sentir prazer. Adolf Eichmann sentia grande felicidade de enviar para Auschwitz trens cheios de judeus. O prazer que se sente por fazer um bom trabalho, carimbar, classificar, limpar a sociedade da mancha judaica. Sim, é simples, essa monstruosidade

---

49. D. J. Goldhagen. *Le Devoir de morale. Le rôle de l'Église catholique dans l'Holocauste et son devoir non rempli de repentance.* Paris: Seuil, 2004, p. 36. [Em português: *Uma dívida moral: a Igreja Católica e o Holocausto.* Tradução de Artur Loeps Cardoso. Lisboa: Notícias, 2004.]

é banal, é assim que entendo a "banalidade do mal" de Hannah Arendt.

Como todos nós, fui moldado por minha vida. Quando assisti à realização de lobotomias, em 1966, confesso que fiquei interessado, submeti-me a uma representação. Os cientistas diziam que ao cortar um pedaço de cérebro, as neuroses obsessivas seriam curadas. Interessante! Lembro-me de um engenheiro que não conseguia viver porque passava seus dias e noites limpando a maçaneta da porta, onde acreditava ter depositado micróbios. A única coisa que seu corpo fazia era limpar, sua mente não tirava os olhos daquilo que ele limpava. Era um imenso sofrimento e uma alienação para ele e para sua família. Por isso, quando um médico mencionou a lobotomia, ela foi uma esperança para aqueles desesperados.

Num ambiente tranquilo, o doente foi instalado na poltrona cirúrgica. Sua cabeça foi imobilizada, suas sobrancelhas foram raspadas, sua testa foi desinfetada, todos foram de uma gentileza extrema. Não foi necessária anestesia geral, pois o cérebro está desprovido de corpúsculos que percebem a dor, podemos cortá-lo sem medo. O cirurgião pegou uma agulha longa, de ponta arredondada, enfiou-a por uma abertura que todos temos na órbita superior, perto da base do nariz, onde ele a enfiou sem encostar no olho. A agulha chegou à face inferior do crânio, uma fina placa óssea esponjosa fácil de ultrapassar e pronto, ela estava sob o lobo pré-frontal. Bastou enfiá-la na massa cerebral e injetar água destilada para dilacerar os neurônios. Então eu vi, com meus próprios olhos, o paciente suspirar, relaxar e murmurar: "Eu me sinto bem... eu me sinto bem...". Ele foi acompanhado até seu quarto, caminhava sorrindo. Três semanas depois, voltou a limpar a maçaneta da porta, mas sua personalidade não existia mais. Ele só respondia aos estímulos do contexto, ele limpava, sobressaltava-se quando era tocado, olhava sem responder quando lhe falavam. Eu tinha acabado de ver, com meus próprios olhos, a banalidade do mal.

Ninguém ficou indignado. Não tínhamos nenhum motivo para duvidar, pois o contexto médico louvava os benefícios da lobotomia. Estávamos submetidos a uma representação científica. Na verdade, esses trabalhos se baseavam na doxa cultural que desde a Antiguidade postulava que a loucura se localizava no cérebro. O que significava que era preciso agir no cérebro para tratar a loucura. Isso nem sempre está errado, pois uma má-formação cerebral, uma intoxicação ou uma infecção de fato provocam distúrbios psíquicos. Hoje, porém, a neuroimagiologia, associada à psicologia e à sociologia[50], demonstra que a maioria dos transtornos psíquicos provêm de transtornos relacionais ou de distúrbios sociais que agem sobre o cérebro.

O contexto cultural dos anos 1930-1950 era monopolizado pela guerra. A violência era normal, ela estava encarregada de resolver os problemas sociais. A guerra de 1914-1918 enviara para a morte 1,5 milhão de jovens que, em sua maioria, ainda não tinha o direito de votar. Na época, não se falava em síndrome pós-traumática. Quando um homem voltava das trincheiras com espasmos e transtornos mentais, depois de quatro anos de tortura, dizia-se que ele

---

50. A. Ehrenberg. *La Mécanique des passions. Cerveau, comportement, Société*. Paris: Odile Jacob, 2018.

era covarde e dissimulado, ele era considerado um traidor, um "*boche* interno"[51]; como não podia mais combater, ele era punido, não se pensava em tratá-lo.

Quando os sobreviventes voltaram para casa em 1918, eles tinham se tornado insuportáveis. Eles gritavam durante o sono, se sobressaltavam ao menor ruído, só pensavam no horror que tinham vivido e brigavam constantemente. Suas mulheres, que por quatro anos tinham feito a família e a sociedade funcionar, não conseguiam viver com aqueles homens intratáveis. À catástrofe da guerra se somou a catástrofe dos divórcios, que, em poucos meses, acabaram com dezenas de milhares de famílias.

Muitos homens com as caras quebradas e os rostos monstruosos, deformados por estilhaços de granadas, tinham perdido massa cerebral e, no entanto, continuavam vivos. Clovis Vincent, um brilhante neurologista, deduziu que era possível operar o cérebro, retirar tumores, abscessos e hematomas, ao contrário do que se pensava antes da guerra. Clovis lutara bravamente na guerra e deduziu que aqueles que não conseguiam mais combater poderiam receber descargas elétricas no corpo, a fim de poderem retornar ao combate.

Foi nesse contexto que Egas Moniz, grande cientista português que se opunha ao ditador Salazar, imaginou que para tratar os esquizofrênicos bastaria destruir "os arranjos de neurônios frontotalâmicos" que produziam os distúrbios psíquicos. Ele utilizou o trépano para dilacerar essa zona

---

51. P. Clervoy. Les suppliciés de la Grande Guerre. *In*: B. Cyrulnik; P. Lemoine (org.). *La folle histoire des idées folles en psychiatrie*. Paris: Odile Jacob, 2016, p. 51-76.

cerebral, injetando-lhe álcool.[52] Em 1936, ele publicou esses "resultados encorajadores", que lhe valeram o prêmio Nobel de Medicina em 1949.

Quando a guerra legitima a violência, quando os transtornos mentais e sociais precisam de uma regulação da vida cotidiana, o tratamento por "torpedeamento" elétrico ou por lobotomia perde seu ar de desmesura, ele se inscreve na ordem das coisas. É por isso que o doutor Walter J. Freeman, que em 1941 havia lobotomizado a irmã de J. F. Kennedy, pôde realizar três mil lobotomias em domicílio, com o consentimento da sociedade.

Em 1967, tive como professores no hospital Pitié--Salpêtrière, em Paris, o gentil Messimy e o elegante Guilly, que analisaram o funcionamento do lobo pré-frontal examinando doentes lobotomizados.[53] Quando estive à frente de um centro de recuperação em Revest, perto de Toulon, vi várias jovens lobotomizadas por esquizofrenia. A psicocirurgia tinha de fato mudado seu quadro clínico com a modificação do funcionamento cerebral, o que as alienara ainda mais. Meu amigo Gérard Blès e eu fomos as últimas testemunhas oculares desse crime terapêutico praticado até 1970. Os médicos dos hospitais psiquiátricos é que acabaram obtendo a proibição dessa prática que, por mais de trinta anos, não parecera violenta num contexto social que valorizava a violência.

---

52. L. Anglade (1948). Citado *in*: H. Guillemain. *Chronique de la psychiatrie ordinaire. Patients, soignants et institutions en Sarthe du XIXᵉ au XXIᵉ siècle*. Le Mans: Éditions de la Reinette, 2010.
53. P. Guilly; P. Puech; G. C. Lairy-Bounes. *Introduction à la psychochirurgie*. Paris: Masson, 1950.

Os soviéticos se opunham à lobotomia por razões ideológicas. O Comitê Central afirmava que a teoria dos reflexos condicionados de Pavlov correspondia aos dogmas do marxismo científico, ao passo que a lobotomia convinha à medicina privada. A partir dos anos 1960, a comercialização do Largactil, neuroléptico de ação sedativa para vários tipos de agitação, tornou a lobotomia inútil. Foi então que os soviéticos utilizaram esse medicamento para "tratar" os opositores do regime. Eles sofriam, segundo eles, de "esquizofrenia tórpida", psicose mitigada, loucura dormente sem sintomas – porque era preciso ser louco para se opor ao regime comunista, que queria o bem do povo.

Nenhuma descoberta científica, nenhuma ideia filosófica pode nascer fora de seu contexto cultural. Muitos nazistas, como muitos lobotomizadores, não tinham nenhuma consciência do crime que cometiam. Eles habitavam uma representação do mundo, da qual tiravam suas decisões políticas e terapêuticas: dar mil anos de felicidade ao povo com a extirpação da mancha judaica e tratar a loucura cortando o cérebro. Quando a violência é banal, a cultura legitima esse modo de regulação das relações sociais. Os médicos nazistas estavam convencidos de estar contribuindo cientificamente para a antropologia física.[54] Foi em nome da moral que eles exterminaram trezentos mil doentes mentais na Alemanha, realizaram experimentos médicos letais em crianças[55] e assassinaram brincando seis milhões de judeus na Europa.

---

54. R.M. Palem (org.). "Fragments d'anthropologie psychiatrique". *Association Henri Ey, Canet em Roussillon n. 43-44*, jun. 2019, Perpignan, Éditions Trabucaire, p. 7.
55. M. Cymes. *Hippocrate aux enfers: Les médecins des camps de la mort*. Paris: Stock, 2015.

Pensar por si mesmo

Nesse contexto, Hannah Arendt precisou salvar a pele fugindo, depois de ser presa por oito dias pela polícia alemã. Mais tarde, para preservar sua saúde mental, ela tentou entender o que se passava na mente daqueles que tinham se deixado levar ao prazer de odiar os judeus e as raças inferiores: "Quando deixei a Alemanha, eu só queria entender... não me apiedar... A principal arma contra o totalitarismo é a exigência de um pensamento pessoal".[56] Como é possível obedecer com alegria e se submeter a enunciados repetidos como se fossem verdades, sem nunca refletir sobre eles? O triunfo da doxa se dá quando um grupo social aceita um conjunto de opiniões como óbvias, evidentes, sem sentir necessidade de questioná-las. É o contrário da empatia que imagina o mundo do outro, um processo mental que absorve os pensamentos do outro para ver o mundo através de seus olhos. Essa atitude mental surge por volta dos seis anos de idade, quando a criança ouve as narrativas de sua mãe. Ela acredita nelas porque sabe que ouvirá o que é seguro e o que é perigoso. Ao longo dos primeiros anos, a criança se sente segura no corpo de sua mãe, ao se aninhar contra ela para perder o medo ou para acalmar uma mágoa. Depois ela aprende a falar de maneira a adquirir ferramentas relacionais que lhe permitam expressar seus desejos e sentimentos. É então que a língua materna se incorpora à sua memória, criando um instrumento que revela e compartilha um mundo íntimo.

---

56. H. Arendt. "Penser sans entraves". *Le Point*, hors-série n. 29, fev.-mar. 2021, p. 18.

Por volta dos seis anos de idade, quando a maturação cerebral conecta os neurônios pré-frontais (sede da antecipação) com os neurônios límbicos (sede da memória), a criança adquire a representação do tempo. Ela pode entender uma história, não apenas uma ordem. Quando a narração de acontecimentos reais ou imaginários provém da base de segurança que a protegeu, a criança a aceita sem discutir, pois o menor questionamento atenuaria seu efeito tranquilizador. Quando uma história é contada por uma mãe protetora, a criança tem interesse em acreditar, para enxergar melhor o segmento de mundo que é iluminado pelas palavras. Quando a criança não é tranquilizada por uma mãe insegura-insegurizante, doente, maltratada ou morta, quando a imagem paterna é assustadora ou ausente, a criança vive num mundo de sombras inquietantes, perigosas ou persecutórias, pois nenhuma narrativa lhe oferece uma conduta a seguir para se proteger. Sua alma errante, desorientada, se agarra a qualquer história que a tranquilize e dê sentido a seus esforços. Quando uma mente está em desordem, qualquer estrutura a faz sentir-se segura, principalmente quando extrema. "É assim e não assado", afirma o extremista. O mal vem daqueles que fazem perguntas, os filósofos e os estrangeiros. Submeta-se, você ficará melhor.

É assim que o afeto participa da construção da identidade pessoal e da identidade do grupo ao qual pertencemos: "Sei o que preciso dizer, o que preciso fazer e em que preciso acreditar para viver bem com eles". O apego não é uma simples interação[57], um corpo a corpo que tranquiliza,

---

57. J. D. Eller. "Affect, identity and ethnicity: Towards a social-psychological model of ethnic attachment". *Ethnic Studies Review*, 1996, 19 (2-3), p. 141-154.

ele se torna um laço com as representações dos outros, uma associação mental. Quando enxergamos o mesmo mundo, quando compartilhamos as mesmas crenças, temos a impressão de nos sentir bem juntos. Por isso a doxa tem um efeito tranquilizador. Desconfiemos do que tranquiliza demais, pois ele entorpece o pensamento. A partir do momento em que pertenço ao corpo de minha mãe, à sua língua (dita materna), ao mundo que ela me apresentou com suas palavras, sinto a felicidade de pertencer ao grupo ao qual ela pertence. Sou sustentado pelas pressões que tutoram meu desenvolvimento. Mais tarde, compreenderei que as explicações que dou para descrever meu bem-estar não se enraízam na realidade, mas dão uma forma verbal ao sentimento afetuoso que experimento. Sinto-me bem no grupo ao qual pertenço, usamos as mesmas roupas, os mesmos bigodes ou penteados, como signos de união, fazemos os mesmos gestos, as mesmas orações, usamos as mesmas palavras para descrever o mundo invisível que habitamos juntos. Não se trata de raciocínios que procuram o acesso à realidade, mas de racionalizações que dão uma forma verbal ao sentimento de estar juntos, reunidos, seguros, e cujos verdadeiros motivos são desconhecidos ou irracionais.[58] O enorme benefício de pertencer a uma mãe, a uma família, a um grupo, confere autoconfiança e prazer de estar junto. Mas o éthos que caracteriza o grupo e lhe confere seus valores morais carrega em si uma tendência ao fechamento. Só me sinto bem naquele grupo. Tenho orgulho de mim porque respeito sua

---

58. S. Ionescu; M.-M. Jacquet; C. Lhote. *Les Mécanismes de défense. Théorie et clinique*. Paris: Nathan Université, 1997, p. 234-239.

moral. Penso que a família vale mais que o sucesso social. Mas me sinto pouco à vontade com aqueles que habitam outro mundo mental, manifestam outros rituais sociais ou religiosos, respeitam outra hierarquia moral. Vejo-os como não familiares, estrangeiros agressores, prefiro evitá-los. A necessidade de coerência no grupo onde quero ter lugar explica a tendência ao fechamento: nós nos sentimos bem entre iguais. Mas quando um membro do grupo se interessa por outro grupo, no qual descobre outros rituais e outros valores morais, ele nos fragiliza porque nos faz duvidar. Vejo-o como um traidor porque ao nos mostrar outro mundo coerente, mas que não tem a mesma coerência que o nosso, ele relativiza nossas certezas. Eu acreditava que para estruturar as famílias era preciso que os jovens, para ter relações sexuais, pedissem permissão ao pai de família, ao Estado e à Igreja, através do chamado "casamento". E agora aquele infiel me faz descobrir que é possível viver em sociedade suprimindo essa instituição! Eu tinha certezas reconfortantes, sem precisar do esforço de pensar, e agora aquele traidor me faz descobrir que aquilo que vale para um não vale para outro. Aqueles que precisam de certezas ficam abalados com a descoberta de outro mundo, mas os exploradores ficam fascinados com esse abalo cultural. Os adoradores de certezas gostam que nada saia do lugar, eles admiram os pensamentos repetitivos e as repetições da doxa, ao passo que os exploradores gostam de se descentrar de si mesmos para explorar mundos imprevistos onde tudo é sempre novo.

No Ocidente moderno, o sucesso social está no topo de nosso éthos, admiramos aqueles que têm sucesso porque eles superaram provações e venceram rivalidades. Ter êxito é um feito moral. Outros grupos associam a vitória a um sentimento de arrogância, de humilhação daqueles que não venceram e mesmo de desonestidade, pois, segundo eles, para vencer é preciso esmagar. Ter êxito é um feito imoral. Em cada um desses grupos, permanece-se entre iguais, recitam-se slogans que têm valor de verdade, a fim de aumentar a coerência da narrativa que fundamenta a fraternidade do grupo. Convém dizer-se perseguido a fim de justificar sua própria violência, pretextando legítima defesa. O grupo tende espontaneamente a evoluir para uma moral perversa onde há solidariedade entre iguais e afastamento dos que pensam diferente, ignorando seus sofrimentos, deixando-os morrer com indiferença e às vezes sentindo um discreto prazer.

Amar para pensar

Esse vínculo de apego, necessário para o bem-estar e para o prazer de aprender[59], não pode ser efêmero. Para ser eficaz, ele precisa durar e se inscrever na memória de cada um, a fim de solidarizar os membros do grupo: "Sei que posso contar com os outros porque compartilhamos os mesmos rituais e as mesmas crenças". As figuras de apego que intervêm depois da mãe, do pai e da constelação

---

59. A. Pommier de Santi. *Pour une relation affective de qualité à l'école maternelle: approche psycho-éducative de la relation maître--élève à l'éclairage de la théorie de l'attachement.* Tese de doutorado, orientador M.-L. Martinez, B. Cyrulnik, Universidade de Rouen--Normandie, 2018.

familiar sustentam a busca por um desenvolvimento harmonioso. Mas chega uma idade em que o surgimento do desejo sexual e o gosto pela independência nos convidam a deixar o conforto familiar para seguirmos progredindo. O apego necessário ao desenvolvimento da criança se torna um obstáculo quando a cultura não ajuda o adolescente a deixar seu nicho seguro para tentar a aventura sexual e social.[60] O jovem se sente prisioneiro, ele sufoca no nicho afetivo onde estava seguro. A maioria das culturas resolveu esse problema natural com o casamento. Quando um pai levava a filha ao altar para entregá-la a um homem, com o consentimento de Deus e da sociedade, ele abria o nicho da infância para permitir que os jovens construíssem seu próprio lar com a ajuda e a pressão do meio cultural. Mas a expectativa de vida, até o século XX, girava em torno de 60-65 anos, havia poucos avós. Nos dias de hoje, em que um jovem pode esperar uma vida de noventa a cem anos, seu desenvolvimento pessoal está no topo de seus valores morais. Os pais não conduzem mais a filha ao altar para entregá-la a outro homem com quem ela manterá os valores do grupo. Esse processo de independência é necessário para sairmos do grupo de pertencimento e seguirmos o desenvolvimento individual. Um sentimento de segurança e de evidência moral organizava o antigo contrato conjugal: um homem dava tudo o que ganhava para a mulher, ele era responsável por seu lar. Ela renunciava a toda realização individual para se dedicar ao marido e aos filhos.

---

60. P. Allen; D. Land. "Attachment in adolescence". In: J. Cassidy; P. R. Shaver (org.). *Handbook of Attachment. Theory, research, and clinical applications*. Nova York: The Guilford Press, 1999, p. 319-335.

Essa regra, que socializava nossos avós, se transformou num fechamento clânico que impede a descoberta de outros grupos, de outras culturas, de outros valores morais. Esse processo de independência envolve uma guerra contra si e contra aqueles que nos amaram e que amamos. Na maior parte do tempo, não se trata de um desapego, como se costuma dizer, mas de um remanejo do apego: tecemos um novo laço com um desconhecido, preservando o laço com aqueles que nos deram força para deixá-los. Essa evolução nem sempre é eufórica: "Meus pais precisam me amar, eles não sabem viver fora do amor parental. Sou prisioneiro do amor deles, se eu os deixar, eles afundarão", dizem as crianças que se tornam pais de seus pais vulnerabilizados pelo álcool, pela emigração, pela depressão ou por uma doença grave.[61] Às vezes, um jovem que não tem forças para tentar a aventura social acaba pensando: "Vocês não me prepararam para a vida, vocês querem me guardar só para vocês". Esse jovem dependente tem uma sensação de submissão. Essa palavra era gloriosa quando designava "uma ação cavaleiresca" num contexto que celebrava os vencedores: "O príncipe recebe a submissão de seu vassalo". Hoje, a palavra adquiriu um significado pejorativo numa cultura que não tolera as relações de dominação. No entanto, a relação mãe-filho é uma relação de submissão benéfica para a criança, que não tem interesse em escapar do amor materno, e para a mãe, que vive esse momento como "uma loucura

---

61. J.-F. Le Goff. "Thérapeutique de la parentification. Une vue d'ensemble". *Thérapie familiale*, 2005, 26, p. 285-298. M. Delage; B. Cyrulnik. *Famille et résilience*. Paris: Odile Jacob, 2010.

amorosa".[62] A submissão é uma aventura afetiva desejada quando queremos tornar feliz o ser amado, vendo seus desejos como ordens. Mas no dia em que o amor acaba, aquele (aquela) que aceitou a submissão se sente enganado(a): "Dei a você meu amor e você tirou proveito dele". Encontramos a mesma sensação de submissão desejada nos fenômenos de massa quando um líder carismático, um cantor ou um político provocam um êxtase consentido... até a desilusão. A cultura desempenha um papel importante na conotação afetiva que atribuímos àquele (àquela) que se apodera de nossa alma. Muitas mulheres adultas riem da paixão que tiveram por um cantor aos quinze anos de idade. Muitos rapazes desejam ardentemente seguir um líder político, cujo projeto eles pouco conhecem, mas que os inflama com um discurso, uma fotografia aventuresca, uma barba viril, um emblema misterioso, uma boina ou um colete de explorador. Toda cultura fornece imagens de candidatos ao império dos sentidos: um cavaleiro na Idade Média, um industrial *self-made* no século XIX, um soldado heroico, um jogador de futebol ou qualquer pessoa capaz de despertar nossos desejos com ardor.

Delirar segundo a cultura

Conheci bem Napoleão. Conheci vários, inclusive, quando trabalhei em hospitais psiquiátricos. Homens que sentiam

---

62. F. Neau. "La folie maternelle ordinaire". *Carnet psy*, 2021, 108, p. 12-14.

uma grande felicidade de acreditar que eram alguém que eles não eram. Os delírios napoleônicos desapareceram depois do Maio de 1968, porque esse personagem grandioso deixou de corresponder ao imaginário coletivo. No novo contexto cultural, outros heróis deram forma a novos relatos coletivos. Os salvadores religiosos e militares deram lugar aos delírios das máquinas. O triunfo da biologia e a invasão dos robôs ocuparam a vida cotidiana. A "pílula", legalizada em 1969, libertou as mulheres (e os homens) da angústia de maternidades não desejadas. Mas essa libertação levou a uma modificação da imagem do corpo das mulheres, que abandonaram o sagrado para entrar na biologia: curvas de temperatura, secreções hormonais, estímulos medicamentosos, explorações ginecológicas. Em poucas décadas as máquinas invadiram os lares, a televisão entorpeceu as noites, os carros aumentaram os trajetos, e hoje os robôs transformam os trabalhadores da casa em engenheiros domésticos e os smartphones criam um mundo virtual que melhora as comunicações e altera os relacionamentos.

O fascínio por Napoleão é substituído pelo domínio dos jornalistas: "Com que direito eles divulgam o que acontece em minha intimidade?", irritam-se os novos delirantes. "Por que suas máquinas me enviam ondas que me fazem fazer o que não quero fazer... Por que a bela Adèle estabelece comigo uma relação de dominação... Sou vítima de assédio em minha vida privada... Ela é tão bonita, tão forte e tão convincente ao falar que me manipula em seus programas de filosofia... Não se passa um dia sem que ela me assedie, ela faz alusões a minha vida privada com suas obras de arte... Por causa de seu jugo, não tenho direito a nenhuma intimidade... Por mais brilhante que seja, ela é imoral ao me pisotear." Adèle[63] sucedeu a Napoleão, pois dá forma aos temas atuais de nossa cultura: o triunfo das máquinas e a emancipação das mulheres.

Depois de nos beneficiarmos do domínio de nossa mãe, de sua língua e de sua cultura, sofremos o domínio das máquinas e das mulheres que estruturam um novo discurso coletivo. Os soldados do Império se calam, os operários de Zola não têm mais o monopólio do heroísmo, o sentimento de pertencer a um novo grupo modifica a identidade social. Também assistimos ao retorno da identidade étnica, que imaginávamos diminuída: "Nós nos sentimos menos negros num grupo de negros, pois todos temos a mesma cor de pele. Então excluímos os brancos, pois na presença deles nos sentimos negros demais".

O sentimento de pertencimento é necessário, delicioso e perigoso: "Sinto-me bem, tranquilo e forte na presença daqueles a quem me apego. Falamos a mesma língua, usamos as mesmas roupas, exibimos as mesmas insígnias, adotamos o mesmo estilo de cabelo, de bigode ou de barba, a fim de compor referências de pertencimento". Juntos, criamos uma situação paradoxal, mas não contraditória. Precisamos uns dos outros para adquirir a força de nos tornarmos nós mesmos.

A doxa ocidental glorifica a autonomia que só podemos alcançar se os outros nos sustentarem e reforçarem. Quando recebo a marca dos outros, sinto-me identificado, o que me dá coragem para continuar minha evolução pessoal.

---

63. Adèle Van Reeth (1982-) é filósofa, editora e apresentadora de rádio e televisão francesa. (N.T.)

Quando eles não estão ao meu redor, para impregnar minha memória, sinto-me mal identificado, não sei direito quem sou num mundo sem alteridade, só consigo me centrar em mim mesmo, sou incapaz de seguir um rumo. Como tenho acesso ao mundo das palavras, também preciso compartilhar as representações dos outros. Eles me contam mundos invisíveis, histórias passadas, sonhos por vir, e, como gosto deles, quero acreditar no que dizem para continuar a me sentir à vontade com eles. O compartilhamento de uma crença intermediada por narrativas revela o mundo que habitamos juntos. Sinto-me apaziguado quando os vejo e quando vejo o mundo que eles me fazem ver com suas palavras. O compartilhamento de uma crença é ainda mais solidário que a interação de um corpo com outro corpo, de um abraço ou de um beijo afetuoso.

Que pena esse enorme benefício só revelar um mundo iluminado por algumas palavras. Quando as narrativas ignoram as outras culturas e as outras crenças, elas isolam o crente e o encerram num delírio delicioso. Quando o conhecimento se reduz à recitação da doxa do grupo, ele encerra o sujeito numa gaiola confortável, que ele controla mas que o afasta daqueles que habitam outros mundos. É assim que se constituem os delírios lógicos, coerentes e separados dos outros, é assim que nos preparamos para o ódio daqueles que veem o mundo de outro modo. A mais ínfima palavra atravessada será chamada de "blasfêmia", a fim de legitimar a exclusão e depois a morte daquele que não fala como se deve.

Quando nos dizemos crentes, admitimos a incerteza, pois reconhecemos que a única coisa que podemos fazer é acreditar, pois não podemos saber. Mas quando não há mais dúvida e a narrativa se torna dogmática, encontramos justificativas morais para impor nossa verdade. "É preciso ser louco para não acreditar no que eu acredito", diz o paranoico. "Aquele que não acredita como eu é um agressor, pois ele abala minhas crenças ao colocá-las em dúvida, ele desorganiza os dogmas que fundamentam meu mundo. Ajo em legítima defesa quando envio uma carta de denúncia à delegacia, quando faço meu agressor ir para a prisão, quando, em minha grande tolerância, faço com que ele seja deportado e reeducado e às vezes sou obrigado a fazer com que ele seja fuzilado." Assim pensam aqueles que transformaram suas crenças em certezas.

Poderíamos viver sem crença, sem representação daquilo que não podemos perceber? Viveríamos no presente imediato: respirar, dormir, comer, pela simples alegria do consumo. Mas nossa aptidão para a palavra nos torna capazes de sentir em nosso corpo a maravilha ou o horror de um mundo invisível: "Basta fazer um gesto e dizer três palavras para ser purificado de seus pecados. Mas se você recusar a submissão a nossas metáforas, você será amaldiçoado por três gerações e seu erro fará seus filhos sofrerem". O crente reconhece a possibilidade da dúvida, pois ele confessa que acredita, mas quando essa crença se transforma em recitação vazia, a palavra se torna uma arma que reduz o outro ao silêncio.

Em todas as populações, algumas pessoas apreciam a dúvida que convida ao questionamento. Mas na mesma população há aqueles para quem a certeza é uma segurança. Como não haveria guerras? A incerteza convida à busca de outra possibilidade, de uma viagem, de um encontro que nos faça mudar de ideia. "Esse método pode ser torturante"[64], mas ele é evolutivo. Os adoradores de certezas, por outro lado, petrificam o pensamento. Os evolucionistas erotizam a dúvida, a surpresa, o inesperado, eles aceitam a angústia inerente à vida. Os fixistas preferem a paz, aquela que diz a verdade total, única, do líder, do espírito superior a quem basta obedecer para se ter acesso ao poder e impor sua lei a fim de que a ordem passe a reinar. Como não haveria guerras? A dúvida patológica impede os obsessivos de agir porque eles estão em busca da certeza absoluta: "Limpei a maçaneta da porta, mas acho que ainda restaram micróbios. Preciso recomeçar". "Não tenho certeza de ter feito a escolha certa: verifiquemos." Uma dúvida como essa impede qualquer tipo de decisão. A dúvida obsessiva impede a verdade, ao passo que a dúvida evolucionista revela várias verdades: "É verdade hoje, nesse contexto, mas amanhã, em outro contexto...?". O obsessivo fica imóvel de tanto verificar, enquanto o explorador mantém a mobilidade de tanto enxergar além. Os caminhos da verdade são diferentes.

Acreditar no mundo que inventamos

Viktor Frankl não queria os julgamentos de Nuremberg, ele preferia tentar entender o mundo mental daqueles inadmissíveis criminosos. Se o ódio se apoderasse de sua consciência, ele o impediria de descobrir o mundo dos

---

64. D. Astor. *La Passion de l'incertitude*. Paris: Éditions de l'Observatoire, 2020, p. 16.

nazistas: "Como é possível cometer um crime desses sem se sentir culpado?". Mas para isso foi preciso que Viktor, antes de Auschwitz, tivesse adquirido fatores de proteção que lhe conferissem o prazer de explorar o mundo. Hannah Arendt em Nuremberg descobriu que atrás da aparência banal de Eichmann ocultava-se um grande criminoso. Ela ainda admirava Heidegger, imenso filósofo, membro do comitê central do Partido Nazista, e reconhecia que alguns judeus tinham colaborado com o nazismo. Nos anos do pós-guerra, seu marido e seus amigos precisavam de certezas: "O nazismo é o mal... Os judeus são inocentes assassinados. Pronto, isso está claro", dizia seu marido. "Está claro, mas não é totalmente verdade", acrescentava Hannah, que, por essa nuança, foi odiada por aqueles que amava. "O sentimento de pertencer a um movimento de conjunto permite superar a maldição da solidão. Outra vantagem vem do fato de termos certezas, de conhecermos as respostas para todas as perguntas, em vez de flutuarmos ao sabor das hesitações, ou de nos perdermos em dúvidas."[65] A vantagem do pensamento de massa é nos sentirmos tão em acordo com o grupo que de repente temos a impressão de compreender: "Isso é verdade, porque todas as pessoas que amo o dizem ao mesmo tempo". Esse momento maravilhoso evoca a relação de ascendência amorosa de uma mãe sobre seu filho, ou de um líder sobre seu grupo. Maravilhosa armadilha do pensamento.

---

65. T. Todorov. *Mémoire du mal, tentation du bien. Enquête sur le siècle.* Paris: Robert Laffont, 2000, p. 109. [Em português: *Memória do mal, tentação do bem: indagações sobre o século XX.* Tradução de Joana Angélica d'Ávila. São Paulo: Ars, 2002.]

Alfred Adler, num contexto cultural que evidenciava o super-homem, afirmava tranquilamente que "todos os aspectos de um ser representam um valor, [...] uma forma desviante talvez criativa. [...] Sentir-se humilhado pode justificar uma réplica defensiva".[66] Esses pensamentos "contradoxais" reforçam a autenticidade do pensador. Os fixistas, ao contrário, acabam perdendo a autenticidade, pois não fazem mais que repetir os slogans do grupo. Conhecemos tão bem o que eles vão dizer que já não vale a pena falar, basta repetir com eles para nos sentirmos unidos. A renúncia ao trabalho do pensamento traz o benefício do menor esforço. O grupo está solidarizado quando todo mundo fala a mesma coisa. A participação no coro facilita o êxtase, pois as emoções são mais vivas quando sentidas em grupo. Lembro-me de um experimento em que o cientista[67] pedia a algumas pessoas autorização para filmá-las enquanto assistiam a cenas de tortura, comédia, desespero ou erotismo. Quando essas pessoas estavam sozinhas, seus rostos ficavam inertes, mas bastava que um companheiro viesse se sentar a seu lado, sem dizer uma palavra, para que imediatamente surgissem as mímicas correspondentes às cenas de suplício, alegria, tristeza ou volúpia. A simples presença silenciosa do outro facilitava a expressão das emoções. É triste ir ao cinema sozinho, mas em casal ou em grupo as emoções são intensas. Talvez seja isso que explique por que os fixistas tão facilmente se envolvem em manifestações de massa em que a repetição de frases feitas, gritos, aplausos

---

66. A. Adler. *Un ideal pour la vie*. Paris: L'Harmattan, 2002, p. 124.
67. S. Frey. "Émotion observable em éthologie". *Synapse*, número especial, mar. 1991, p. 33-38.

e indignações virtuosas provocam êxtases desprovidos de razão. Evitando o trabalho de reflexão, o grupo funciona melhor, a embriaguez é mais rápida.

Hannah Arendt desconfiava do sentimento de pertencimento: "Nunca amei nenhum povo, nenhuma coletividade, nem o povo alemão, nem o povo francês, nem o povo americano, nem a classe operária, nem nada disso. Amo 'apenas' meus amigos e a única espécie de amor que conheço e na qual acredito é o amor das pessoas".[68] Hannah não consegue amar uma categoria que esquematiza o pensamento. Ela não conseguia dizer "amo o operário... amo o alemão". Mas ela podia dizer "amo este homem que é operário... amo este alemão com quem dialogo bem". Hannah utiliza seu pensamento como um camponês, um lavrador que sabe quando a terra é argilosa ou arenosa porque estabeleceu com ela uma troca carnal, ele a teve sob seus pés, ele a apalpou com seus dedos, ele sentiu seu cheiro, o que lhe conferiu um conhecimento sensorial, concreto, material. Um saber autêntico como esse, sentido no corpo, alimenta uma representação: "Conheci a fome... fui marcado pelo desespero... fui tocado em minha carne e em minha memória e extraí disso uma experiência enraizada no real"; "Uma terra argilosa é boa para as batatas, mas os cítricos dão melhor em terra arenosa... A fome paralisa o pensamento... O desespero convida ao devaneio para não aceitar a morte". Esse modo de conhecimento é o dos clínicos que precisam

---

68. Diálogo epistolar de Hannah Arendt com Gershom Scholem. G. Scholem. *Fidélité et utopie. Essai sur le judaïsme contemporain.* Paris: Calmann-Lévy, 1994, p. 217-222, citado in: A. Wieviorka. *Mes années chinoises.* Paris: Stock, 2021, p. 28.

apalpar um ventre para sentir a rigidez dolorosa de uma apendicite. É uma semiologia de lavrador que enraíza esse modo de conhecimento. Às vezes, a experiência não precisa de terra. Os que encontram Deus experimentam um saber noético, uma revelação que os faz chegar à espiritualidade. Esse conhecimento pode ser provocado por um êxtase, tanto quanto por uma angústia. Deus é conhecido como uma certeza invisível. Sei que ele existe e que ele me protege, pois me sinto feliz desde que acredito Nele, nesse "Deus escondido dentro de mim".[69] O êxtase dos fixistas decorre da vivência compartilhada, em que um exalta a emoção do outro, que pode resultar do encontro súbito com uma entidade invisível sentida no fundo de si. É preciso rezar junto, cantar, aplaudir, se indignar e adorar aquele que aceitou se revelar. Um amor como esse consolida o grupo, assim como o ódio une aqueles que atribuem o Mal a um bode expiatório. Os fixistas gostam da febre das visões claras provocadas pelo amor do Mesmo e o ódio do Outro. Durante as manifestações de massa, a emoção exacerbada prepara para a ação que interrompe a reflexão.

A submissão à pulsão é fonte de felicidade dos garotos dos subúrbios desaculturados: "Você viu minha coragem quando enfrentei o policial?". Eles têm orgulho de passar à ação quando habitam uma ideia muito clara, muito bem desenhada, portanto apartada do real que, por sua vez, sempre é um pouco sujo, um pouco ambivalente: "Todos juntos, obedecemos a uma representação que nos torna

---

69. V. Frankl. *Le Dieu inconscient. Psychologie et religion.* Paris: InterÉditions, 2012, p. 47.

cavaleiros do Bem, autorizados a matar os que não pensam como nós". A submissão proporciona grande alegria àqueles que participam de espetáculos de massa (ópera, discursos políticos ou futebol) para serem galvanizados por clichês repetidos até a perda da razão. De tanto cantar as mesmas estrofes, acabamos acreditando nelas, pois qualquer nuança impediria a clareza abusiva do fanático.[70]

Pertenço à família mental de Hannah Arendt. Quando ela descreve o homem transparente que trabalha em seu gabinete para erradicar o Judeu, ela não vê um monstro que assassina, ela apresenta um funcionário que habita sua ideia do Judeu e acredita fazer o bem ao organizar a morte de centenas de milhares de pessoas.

Delírio lógico: ao postular que o Judeu é responsável pelas desgraças do mundo, ao acreditar que a palavra do Führer é sagrada, torna-se lógico erradicar o mal e participar de um trabalho de higiene social. É possível preencher um documento, datilografar e assinar uma ordem administrativa sem pensar na realidade que se seguirá: a morte por gás, fuzilamento, fome, tifo e putrefação de milhões de pessoas. Quando aceitamos como intocável a verdade de um líder religioso, ideológico ou científico, não há reflexão ou culpa: a ordem reina. E quando a realidade se torna insuportável, evitamos as palavras que permitiriam vê-la.

Acreditamos tanto no mundo que inventamos, que o habitamos com total convicção. A apreensão sensível dos fatos permite entender por que 60% dos judeus convocados a se apresentar às delegacias no dia 14 de maio de 1941, para

---

70. J. Birnbaum. *Le Courage de la nuance*. Paris: Seuil, 2021, p. 27.

"exame da situação, compareceram à convocação... nos vagões que os levavam para sua última viagem, a maioria ainda queria acreditar que estava sendo levada para trabalhar no leste".[71] Evitar julgar para melhor se submeter a uma narrativa apartada da realidade tem um grande benefício: não tememos mais nada, estamos todos juntos e sentimos a ilusão do bem-estar.[72]

O irmão de meu pai ficou felicíssimo com a ideia de viver na França. Engenheiro químico, ele organizara um time de futebol para jogar com os operários da cimenteira. Ele preparava um doutorado em literatura francesa pelo simples prazer de frequentar os grandes autores. Quando um vizinho lhe disse: "Senhor Léon, não vá à delegacia", ele se zangou e disse: "Estou na França, o país dos direitos do homem". Ele foi à delegacia e nunca mais o vimos. Encontramos seu nome num arquivo de Auschwitz.

Pergunto-me se não me beneficiei dessa proteção do delírio lógico. O soldado de uniforme preto que me mostrou a fotografia de seu filho quis realmente compartilhar um momento de afeto comigo? O oficial que deu o sinal de partida enquanto eu me escondia sob o corpo da mulher moribunda realmente me viu? Tenho uma lembrança visual desses fatos, confirmada pela sra. Descoubès, a enfermeira que me viu falar com o alemão de uniforme preto, e pela sra. Blanché, a senhora sob quem eu me escondera, mas dei a essas imagens a conotação de uma intenção humana que

---

71. A. Mercie. *Convoi n° 6*. Paris: Le Cherche Midi, 2005, p. 18.
72. S. E. Taylor; J. D. Brown. "Illusion and well-being: A social psychological perspective of mental health". *Psychological Bulletin*, 1998, 103 (2), p. 193-210.

aqueles soldados provavelmente não tinham, mas da qual eu precisava para suportar aquelas realidades. Leio bastante na literatura especializada que é preciso ter ideias positivas para se sentir melhor apesar da infelicidade. A percepção clara de si seria um sinal de saúde mental. Pergunto-me se um delírio lógico não teria um efeito mais protetor. Minhas lembranças, envoltas numa conotação ordenada (aquele que queria minha morte gostava de conversar comigo... o capitão me viu e deu o sinal de partida), me ajudaram a não perder a esperança, a acreditar na bondade humana e a ter um desenvolvimento não muito persecutório. Eu me fiz acreditar que o mundo não era totalmente cruel e que sempre havia algo a esperar.

Eichmann certamente gostava de acreditar na palavra do guia que sabia de onde vinha o mal. O Führer ordenava a Eichmann a realização dos sonhos que ele mesmo alimentava desde criança. Nós nos deixamos subjugar por aquele que nos impõe sua lei para nosso grande benefício.[73] Nós nos submetemos com alegria ao ditador que ordena a realização de nossos desejos mais sombrios.[74] Nossa necessidade de pertencer nos torna cúmplices dos tiranos que nos sujeitam. A idade de comer vento com avidez é precoce: "Entrei na escola primária em 1938. Quatro anos depois, o serviço obrigatório da Juventude Hitlerista me aguardava. [...] O ambiente político, o doutrinamento cotidiano e a propaganda refinada eram tais que meninos e meninas de

---
73. N. Chaignot. *La Servitude volontaire aujourd'hui. Esclavages et modernité*. Paris: PUF, 2012.
74. B. Cyrulnik. "Préface". In: Coletivo. *Le Petit La Boétie illustré*. Vitrac (Dordogne): Les Éditions du Ruisseau, 2020.

minha idade aspiravam a vestir o uniforme que, no caso dos meninos, ostentava orgulhosamente uma adaga. [...] O esporte, a camaradagem, os cantos e o *kriegspiel* [brincar de guerra] preparavam dissimuladamente para a frente [russa] que nos estava destinada e respondia às expectativas de um jovem em busca de ideais".[75] Oscar Levit era filho de pai judeu e mãe protestante. Para protegê-lo, não lhe disseram que o homem que visitava sua mãe era seu pai. Portanto, foi com alegria que o menino ingressou na educação nazista.

Esse processo é comum, foi assim com a guarda vermelha maoísta, com os Hitlerjugend, com as crianças janízaras roubadas de pais cristãos para servir ao grande senhor turco, com os jihadistas e com todos os escravos voluntários das causas extremas. Quando uma cultura é um deserto de sentido, a necessidade de ideal e de pertencimento sustenta a personalidade em vias de construção. Uma bela narrativa encerra a questão. Mas as palavras não são as únicas a transportar significado. A paralinguagem, o estilo teatral e a encenação grandiosa realizada por movimentos de massa passam uma impressão de harmonia e poder. Bandeiras, orquestras, tambores, trompetes e canhoneadas conquistam os jovens. Eles não conseguem resistir a uma bela representação que os encha de emoção e desvaloriza a razão.

O gosto pela servidão é uma característica do mundo vivo. Só podemos existir com os outros: as árvores enviam sinais químicos e térmicos, os peixes se deslocam em cardumes, os pássaros em bandos, os mamíferos em grupos organizados e os seres humanos acrescentam a essas causas orgânicas determinantes narrativos que garantem ainda

---

75. A. Mercier. *Convoi nº 6*, op. cit., p. 156.

mais a coesão do grupo. Quando falamos a mesma língua com o mesmo sotaque e cantamos os mesmos slogans, nos sentimos deliciosamente integrados ao grupo. Mas "aquele que encoraja uma compreensão exclusivamente pessoal da autorrealização... vai de encontro ao engajamento pela sociedade".[76] Morte àquele que quebra o encanto! Preservando sua liberdade interna, pensando por si mesmo, ele se dessolidariza do aporte afetivo proporcionado pelos slogans.

Colorir o mundo que percebemos

A conotação afetiva da percepção da realidade é adquirida durante nossa primeira infância, momento em que o nicho sensorial dos primeiros mil dias, quando estável e estruturado, impregna nosso psiquismo com um sentimento de prazer de viver. A criança sente o mundo com um gosto amargo quando esse nicho é pobre ou violento.[77] Assim moldado por seu meio precoce, nosso aparato de ver e sentir o mundo adquire uma capacidade de selecionar as informações que constroem a realidade. Quando uma desgraça familiar ou social empobrece o nicho sensorial dos primeiros mil dias, a criança insegura percebe como um alerta tudo o que vem do mundo externo. Mas quando a criança teve sua

---

76. C. Taylor. *Le Malaise de la modernité*. Paris: Cerf, 2015, p. 51. (Coleção "Lexio".)
77. J. Smith (org.). *Le Grand Livre des 1000 premiers jours de vie*. Paris: Dunod, 2021. E Coletivo, *Les 1000 premiers jours. Là où tout commence*. Ministères des Solidarités et de la Santé, 2020.

segurança precocemente garantida, ela sente a mesma informação como um jogo ou um convite à exploração. Quando as crianças chegam à idade em que elas se tornam capazes de dar uma forma verbal ao mundo que percebem, as que não tiveram sua segurança garantida compõem relatos de perseguição em que expressam sua maneira de ver o mundo. Quando esses jovens permanecem isolados, seu mundo doloroso assume a forma de uma paranoia: eles sofrem, ficam indignados de serem perseguidos porque são inocentes, eles se rebelam com ações de legítima defesa que os levam a agredir e, às vezes, matar aquele a quem eles atribuem seu mal-estar. Então eles se dedicam a recitar fórmulas prontas que expressam sua desolação e sua animosidade para com aquele através do qual o infortúnio acontece: o rico, a elite, a empresa, o sistema que se apoderou do mundo. "Nos sentimos melhor depois que um salvador, um filósofo, um sábio, nos fez compreender que nosso infortúnio vem das bruxas... dos judeus... dos árabes... dos estrangeiros... daqueles que não pensam como nós." Uma narrativa dessas tem um poder explicativo, coerente, reforçador e benéfico, mesmo quando não se baseia em nenhum fato real. Os grupos de enganados se beneficiam desses delírios lógicos, apartados do real, mas reconfortantes em sua coerência verbal, que cria "uma ilusão benéfica".[78] Designar um agressor provoca um estranho bem-estar, uma boa opinião de si, uma clareza que não precisa de validação. A corrente que carrega essas ideias é suficiente para dar alegria aos comedores de vento que se alimentam de frases feitas.

---

78. S. E. Taylor; J. D. Brown. "Illusion and well-being: A social psychological perspective of mental health", art. cit., p. 195.

Os lavradores que têm os pés no chão constroem uma realidade diferente. Seu saber laborioso vem do real, como a experiência do comprador de cavalos que é o único a ver que seu animal está mancando. Aqueles que, previamente, tinham uma tranquila autoconfiança gostam da argumentação. Mas aqueles que adquiriram um gosto amargo do mundo só se tranquilizam com as certezas dos delírios lógicos. Eles gostam de se agarrar aos enunciados sem provas. Por isso a argumentação aborda mais a enunciação do que o enunciado, mais a maneira de dizer do que o que é dito. A música das palavras e o teatro dos gestos têm um poder de exaltação superior ao das ideias. Falar bem é uma arte que produz certezas, ao passo que a razão austera não granjeia adeptos.

 Imagino que na época do senhor e da senhora Sapiens, há trezentos mil anos, quando se vivia em clãs de trinta pessoas e se morria aos trinta anos, as cópulas eram numerosas, mas os casais, raros. Quando uma criança nascia, o grupo cuidava dela, não era preciso saber quem era o pai. A noção de paternidade surgiu quando o grupo cresceu e a criança precisou ter figuras familiares a seu redor. Não estar com ninguém é estar sozinho; mas estar com muita gente também é estar sozinho. O número impede a personalização. Então surge a noção de família, que, sucedendo ao clã, individualiza o pai. "Foi ele o responsável", disse a sra. Sapiens, e o grupo responsabilizou aquele homem: "Já que plantou essa criança nela, você deve cuidar dela".

 Nos tempos antigos, nas aldeias, a arquipelização de que se fala hoje existia na forma de famílias protegidas em suas casas. Alguns grupos familiares, protetores e restritivos, se harmonizavam em torno da lei do pai. Mas quando algumas famílias viviam dentro de uma violência extrema, todo mundo na aldeia fechava os olhos para continuar vivendo em paz. As pessoas sabem, mas evitam tomar consciência, o que explica a negação.

Quando a indústria surgiu (séculos XVIII-XIX), ela se associou ao capitalismo para dar o poder aos homens empreendedores, ricos e autoritários. Foram necessárias palavras para justificar esse poder. O Código Napoleônico (1804) lhe deu uma forma legal, que estruturou as famílias por quase dois séculos no Ocidente. Os chefes de família foram descritos como homens fortes, inteligentes, autoritários, às vezes demais, mas ainda assim admirados. As mulheres eram ditas bonitas, fadas do lar, mães adoradas, incapazes de fazer a guerra ou descer ao fundo das minas, o que definia o sexo frágil.

Na época do *Homo habilis*, a tecnologia se manifestou no sílex talhado, na domesticação do fogo, na fabricação de armas e máquinas agrícolas. Mais tarde, em dois séculos (XIX e XX), ela explodiu, criando uma nova maneira de se tornar humano. Surgiram dois discursos: o dos técnicos, que explicavam como construir uma máquina, e o dos ideólogos, que procuravam razões para legitimar a dominação dos proprietários dos equipamentos de produção.

No século XXI, falamos em fundos de investimento, mercado de ações e previdência privada. Essas novas palavras designam organizações abstratas, papéis, números e curvas em telas que evocam as entidades invisíveis que nos governam. Os detentores desse novo poder não são mais os homens fortes da agricultura e da indústria, mas "aqueles que têm o domínio da informação útil: as estrelas do GAFAM, os CEOs, os especialistas, os gestores".[79] Estamos longe dos caçadores-coletores, dos produtores de bens e dos comerciantes que têm os pés no chão. O poder, hoje, pertence aos "logocratas", que sabem fazer os computadores falar. A magia da tecnologia nos faz viver num mundo desencarnado que revela uma realidade virtual onde as emoções não são mais desencadeadas pelo corpo dos outros, por seus sorrisos, suas raivas e suas palavras, mas por sinais abstratos que representam o mundo. Esse processo reforça o "delírio lógico", em que o que é dito é coerente, bem apresentado, mas apartado das percepções reais.

 Quando os hormônios foram descobertos, no início do século XX, ninguém os viu, bastou acreditar e confiar nas revistas científicas. A palavra "hormônio" foi suficiente para explicar as diferenças entre os homens e as mulheres, o que logo levou à ideia de que, já que as mulheres produziam hormônios diferentes durante o ciclo menstrual (foliculina, depois progesterona), elas não podiam ter o direito de votar, pois corriam o risco de mudar de opinião ao longo do ciclo. Hoje, as mulheres que chegam ao poder têm o mesmo raciocínio ridículo. Elas acreditam que a testosterona torna os homens brutais, o que explicaria seus maus modos políticos: "Há testosterona demais na Assembleia", disse a diretora do Fundo Monetário Internacional.

 A clínica seria mais confiável que a ciência? Desde que a literatura conta que os jovens podem escolher seu gênero, um número crescente de garotas pré-adolescentes

---

79. J.-C. Seys. "Billets d'humeur". *Institut Diderot*, 5 jul. 2021.

toma doses elevadas de testosterona. Elas constatam que a voz se torna grave, que a menstruação desaparece e que pelos nascem embaixo do nariz.[80] Essas jovens mulheres sentem um novo bem-estar, adquirem confiança em si mesmas, se estabilizam emocionalmente, são menos depressivas e expressam mais facilmente seus desejos sexuais. Será ao hormônio masculino que devem essa melhora ou à representação que fazem de si mesmas? Sentindo-se homens graças à voz mais grave e a uma sombra no buço, elas finalmente percebem uma congruência entre seus corpos que se masculinizam e o desejo de não pertencer ao sexo que as entristece: "Finalmente me torno aquele que sonhava ser".

Um indicador clínico e uma dosagem hormonal alimentam uma representação que age sobre o humor, embora ela talvez só tenha uma realidade de papel. Não há provas de que o aumento de testosterona torne as mulheres mais felizes.

Em contrapartida, demonstra-se sem dificuldade que belas palavras podem comover ou enfurecer. Você seria capaz de ler sem emoção as seguintes palavras de um pai à filha que se afogou?

"Amanhã, de madrugada, quando o campo ficar branco.
Partirei. Veja. Sei que você está esperando por mim...
[...] Não posso mais ficar longe de você
[...]
E quando eu chegar, colocarei sobre seu túmulo um buquê
De azevinho verde e urze em flor."

---

80. M. Bosom; D. Medico. "Ma première année sous testostérone: analyse de l'expérience trans à travers des chaînes YouTube". *Sexologies*, 2021, 30 (2), p. 94-99.

Quando Victor Hugo saiu do torpor após a morte da filha Léopoldine, ele sentiu necessidade de falar para fazê-la viver mais um pouco, em sua memória e em seu coração. Essas poucas palavras agiram sobre a alma de um grande número de leitores abalados. O que não quer dizer que um hormônio, ou uma substância estimulante ou deprimente não possam, também, modificar o humor.

"Chora em meu coração
Como chove sobre a cidade.
Que langor é esse
Que invade meu coração?"

Verlaine, com essas palavras, dá forma a uma tristeza sem causa, um sentimento opressivo cuja origem ele ignora.

"Essa é a pior dor
Não saber por que
Sem ódio e sem amor
Meu coração tanto sofre."

Dar uma forma verbal ao real e ao que sentimos

Os psicanalistas chamam esse fenômeno de "racionalização": quando uma pessoa de repente se sente triste, sem motivo, e dá uma forma verbal a sua prostração. É um "processo pelo qual o sujeito procura apresentar uma explicação coerente [...]

a um sentimento cujos motivos verdadeiros não percebe".[81]
Estamos longe do pensamento do lavrador, aquele que labora e fala o que sabe (*labor* = trabalho, *orare* = falar). "Percebo que a terra está seca, então imagino que os grãos de trigo serão pequenos", ele poderia dizer. Quando racionalizamos, não sabemos por que somos seduzidos ou repelidos por uma pessoa ou uma teoria. Ignorar a origem de uma atração ou de uma repulsa não impede de lhe dar uma forma sensata, coerente.

Assim, podemos convencer a nós mesmos e atrair aqueles que raciocinam do mesmo jeito, afirmando que detemos a verdade. Nossa fala coerente permite que repitamos, todos juntos, as mesmas racionalizações: "O que eu digo é verdade porque utilizo as mesmas palavras que aquele homem que admiro", poderia dizer o comedor de vento.

A racionalização, que confere a ilusão de compreender, vem na verdade da maneira como experienciamos o real.[82] Um discurso racionalizador não fala do real, ele narra a impressão que esse real causa sobre nós. Algumas falas são longas queixas em que o sujeito está sempre encontrando motivos para explicar seu mal-estar, mas essas razões não são causas. Outros discursos são prestações de conta, em que o autor fala para se vingar do infortúnio que atribui a outro. Algumas séries de recordações compõem as alegações que chamamos de "autobiografia". E um grande número de declarações políticas constituem um sintoma do desejo totalitário. O Irã dos aiatolás, a Rússia de Putin e a Turquia de Erdogan

---

81. J. Laplanche; J.-B. Pontalis. *Vocabulaire de la psychanalyse*. Paris: PUF: 1973, p. 387. [Em português: *Vocabulário da psicanálise*. Tradução de Pedro Tamen. São Paulo: Martins Fontes, 2004, p. 423.]
82. R. M. Nesse. *Good Reasons for Bad Feelings. Insights from the Frontier of Evolutionary Psychiatry*. Nova York: Dutton, 2019.

contam uma mesma história[83]: era uma vez um líder cuja inteligência infalível salvou do caos um povo escravizado por ricos mercadores. O líder se dizia investido de uma missão libertadora. Ele falava a língua do povo, prometia sonhos incríveis, predizia uma aventura entusiasmante que libertaria os pobres da humilhação dos dominantes e da corrupção dos poderosos. Esses argumentos não eram falsos, mas as frases adquiriam um efeito apaziguador ao colocar em evidência uma sensação de mal-estar. Com esses enunciados, a névoa se desfazia, o caos acabava, projetos eram feitos, o inimigo externo era identificado – de preferência um imigrante, ou um inimigo próximo, um vizinho em quem se confiava, e que por isso nos extorquira. A indignação era a reação normal, adaptada a essa narrativa, e o líder que nos mostrava o caminho ordenava o que fazer para lutar contra os agressores. Obedecíamos cegamente, estávamos tão convencidos de sua veracidade que nosso conformismo desencadeava um processo social que não precisava de leis para se realizar.

Você quer uma receita para um bom discurso totalitário? Diga:
- Serei seu herói.
- Quero morrer por vocês.
- Fale com simplicidade, utilize com frequência a palavra "povo".
- Faça de tempos em tempos uma alusão vulgar, mas não muito, o suficiente para dar certo tempero a suas palavras e evitar o rótulo de "elite arrogante".
- Quando designar o inimigo externo (o estrangeiro) ou interno (o traidor), faça gestos eloquentes

---

83. H. Bozarslan. *L'Anti-démocratie au XXIe siècle. Iran, Russie, Turquie*. Paris: CNRS Éditions, 2021.

como um cantor de ópera morrendo assassinado por um colega de palco.
- Conclua com um slogan enfático: "Se vocês quiserem nossa liberdade, obedeçam. Votem em mim".

Você constatará que, com essa receita, muitos ditadores foram amados e eleitos democraticamente. Um partido antielite acaba de ser criado no Paquistão[84], perenizando o ódio aos letrados que existe na França desde que a impressão em papel foi inventada.[85] Refletir sobre a linguagem totalitária é identificar as palavras que se apoderam do pensamento. Toda linguagem corporal e verbal dá forma ao que sentimos, muito mais do que ao que é. Toda palavra revela o segmento de mundo que ela ilumina. Somos sinceros quando nos deixamos levar por narrativas que, como um projetor, revelam o que elas iluminam. É por isso que vivemos como uma certeza a necessidade de eliminar aqueles que não veem o mesmo mundo que nós.

George Orwell mostrou o caminho[86], pouco antes de Hannah Arendt[87] e Albert Camus.[88] As circunstâncias da vida de Orwell lhe criaram um aparato particular para

---

84. M. Mohsin. *The Impeccable Integrity of Ruby R*. Nova York: Penguin Viking, 2020.
85. S. Al-Matary. *La haine des clercs. L'anti-intellectualisme en France*. Paris: Seuil, 2019.
86. G. Orwell. *1984*. Paris: Gallimard, 1950. [Em português: *1984*. Tradução de Denise Bottmann. Porto Alegre: L&PM, 2021.]
87. H. Arendt. *Le Système totalitaire, tome 3: Les Origines du totalitarisme* (1951). Paris: Seuil, 1982. [Em português: Parte III – Totalitarismo, em *Origens do totalitarismo: antissemitismo, imperialismo, totalitarismo*. Tradução de Roberto Raposo. São Paulo: Companhia de Bolso, 2013.]
88. A. Camus. *L'Homme revolte*. Paris: Gallimard, 1951. [Em português: *O homem revoltado*. Tradução de Valerie Rumjanek. Rio de Janeiro: Record, 2017.]

ver o mundo. As palavras que vêm à mente para descrever uma situação atual não são as que contam o mesmo acontecimento passado.[89] Na época em que os castigos corporais eram recomendados para educar os meninos, dizia-se que eles precisavam ser adestrados, como animais selvagens: 80% dos adolescentes espancados em público se diziam humilhados. Trinta anos depois, porém, quando se pedia que narrassem aquele fato, somente 30% utilizavam essa palavra.[90] A maior parte dos adultos remodelava aquela memória: "Não foi nada, vivi piores". A simples passagem do tempo modificava a representação do passado e a palavra "humilhação" não designava mais o mesmo fato.

Nos anos 1930, George Orwell vive quase como um mendigo e ganha a vida enviando crônicas semanais para a revista inglesa *Tribune*. Ele descreve o avanço das teorias extremistas, associando-as aos pequenos incidentes da vida cotidiana. Ao reler suas crônicas em 1943, ele escreve: "Para se sentir infalível, melhor não manter um diário. Folheando o que mantive entre 1940 e 1941, percebo que me enganei mais ou menos sempre que era possível se enganar. No entanto, não me enganei tanto quanto os peritos militares".[91] Muito cedo, ele emprega a noção de totalitarismo, que diz que a linguagem envolve não apenas

---

89. D. Peschanski (org.). *Mémoire et mémorialisation*. Paris: Hermann, 2013.
90. D. Offer; M. K. Offer; E. Ostrov. *Regular Guys. 34 Years Beyond Adolescence*. Nova York: Springer, 2004.
91. Citado *in*: J. Dewitte. *Le Pouvoir de la langue et la Liberté de l'esprit. Essai sur la resistance au langage totalitaire*. Paris: Michalon, 2020, p. 35.

a eliminação dos adversários como também a erradicação de qualquer visão divergente. Os pequenos incidentes da vida cotidiana que ele descreve em seu diário de 1931 não deixam nenhuma lembrança em 1941, quando o contexto da guerra não lhes confere um valor adaptativo. Em contrapartida, quando ouve o avanço dos discursos extremistas nazistas, comunistas, capitalistas e militares, ele não adere a eles e não se deixa levar. Esse distanciamento verbal lhe permite conservar aquilo que Hannah Arendt mais tarde chamará de "liberdade interna". O fato de ter vivido como um marginal durante os anos 1930, quando as nações pronunciavam discursos que preparavam a guerra, permitiu a Orwell não se engajar em teorias extremistas. Ao escrever suas crônicas, cheias de fatos insignificantes que podiam ser esquecidos, o romancista se colocava num camarote, de onde assistia ao teatro dos totalitarismos. Porque estava à margem da sociedade, ele soube observar como uma ideia lógica podia se tornar insana ao se destacar da sensibilidade do cotidiano. "A lógica de uma ideia se separa daquilo que constitui o funcionamento das ideias, e acaba adquirindo sua própria lógica. Ela se torna insana no sentido de que não reconhece mais as coisas que podem detê-la."[92] Hitler não estava errado ao repetir, durante seus comícios, que a Alemanha não conseguia se reconstruir por causa do Tratado de Versalhes (1919). Todo o dinheiro ia para o exterior, a título de indenizações de guerra. Os judeus são poderosos, ele dizia, eles têm dinheiro, poder e inteligência, mas como a Alemanha perdeu a guerra, essa é a

---

92. P. Bouretz. *Qu'appelle t'on philosopher?* Paris: Gallimard, 2006.

prova de que eles a traíram. Assim, baseado num postulado indemonstrável, todo um sistema lógico se desdobra sem que a realidade o matize: eles são poderosos... perdemos a guerra... portanto eles não fizeram nada para nos defender... é justo que sejam punidos... é justo recuperar os bens que só eles possuem... é justo instaurar um sistema de ideias que legitime a ação da polícia... é justo colocá-los em campos para impedi-los de nos prejudicar. Esse encadeamento de motivos totalmente explicativos, sem nuanças e sem contestação possível, justifica a extinção do povo culpado. A vida cotidiana dos judeus alemães nunca é mencionada, nem seus combates para defender a Alemanha durante a Primeira Guerra Mundial, nem seu orgulho de participar da cultura germânica, nem a origem de suas riquezas. Como eles não tinham o direito de ter terras, de construir casas ou de ter empregados cristãos, só lhes restavam os ofícios intelectuais: medicina, filosofia, música, direito e finanças. Os aristocratas e o clero, que não queriam sujar as mãos manipulando dinheiro, símbolo do que é abjeto, confiavam suas fortunas aos usurários judeus, assim, quando a indústria se desenvolveu no século XIX, os judeus tinham tudo para prosperar: dinheiro, conhecimento das leis e redes internacionais. Na linguagem totalitária, o cotidiano dos judeus nunca era abordado. A única coisa presente nas narrativas dos não judeus era o desenvolvimento lógico do desejo dos judeus de conquistar o mundo e seu amor pelo dinheiro. O homem real se tornava supérfluo. O pensamento delirante, lógico, deduzido de um postulado jamais elaborado, nunca era "e-lavorado", como disse Rabelais.[93] Os comedores de vento se alimentavam dele, porque lhes convinha ignorar o saber dos lavradores.

Uma linguagem como essa, cortada da realidade sensível, constrói um ambiente verbal que dá uma sensação de verdade, pois ela é sentida no fundo de nós mesmos: "Os judeus tramam contra nós, eles preparam a guerra para ganhar ainda mais dinheiro". Quando as perseguições cotidianas instituíram o horror, foi preciso encontrar palavras para tornar suportáveis atos insuportáveis. Esse truque verbo-emocional explica a abundância de eufemismos nas linguagens totalitárias. Victor Klemperer encontra muitos exemplos em que o espírito totalitário utiliza palavras técnicas para descrever o "material humano" e, logo depois, palavras anódinas para mascarar as decisões terríveis, logicamente derivadas desses termos técnicos.[94] Quando designamos os seres humanos com a expressão "material humano", criamos um ar de cientificidade. A decisão que decorre dessa representação verbal consiste em analisar os componentes desse material. As máquinas boas serão cuidadas e as ruins serão enviadas para o ferro-velho, sem a menor culpa. Ora, as palavras se impregnam na memória, onde deixam marcas.[95] Nosso cérebro assim comprometido com as palavras ouvidas no ambiente familiar e cultural se

---

93. A. Rey. *Dictionnaire de la langue française*. Paris: Le Robert, 2012, p. 1138.
94. V. Klemperer. *LTI, la langue du IIIe Reich*. Paris: Pocket, 2003. [Em português: *LTI: a linguagem do Terceiro Reich*. Tradução de Miriam Bettina P. Oelsner. Rio de Janeiro: Contraponto, 2009.]
95. A. Lejeune; M. Delage. *La Mémoire sans souvenir*. Paris: Odile Jacob, 2017.]

torna sensível a um tipo de informação. Percebemos melhor a diferença entre o bom material humano, que admiramos, e o ruim, que eliminamos. A língua leva a pensar, revelando as distinções entre os seres humanos e, quando ela é repetida sem nuanças numa recitação coletiva, ela é interiorizada a ponto de pensar no lugar do sujeito. Então o psitacismo, a língua dos papagaios, se torna uma ilusão do pensamento, uma certeza que não designa mais nada real.

Reconheço, no entanto, que existe em mim um componente mecânico. Meu esqueleto é colocado em movimento pelas polias de meus tendões. Essa formulação só se tornará totalitária se eu reduzir minha representação a essa visão parcial e se, a partir dela, eu deduzir que esse componente mecânico é totalmente explicativo de minha personalidade. Para não ser totalitário, precisarei acrescentar outro componente, mas de outra natureza, emocional, poético, interativo, social e até espiritual. Surgem então dois perigos: o primeiro consiste em afirmar que o mundo invisível da alma governa o homem por inteiro. O totalitarismo espiritualista declara guerra ao totalitarismo mecanicista. O segundo perigo vem daqueles que querem integrar as visões heterogêneas do homem, eles serão acusados de desordem disciplinar. Os lavradores sabem que os grãos produzem colheitas melhores quando a terra, a água, o calor e as estações convergem. O saber fragmentário dos cientistas aperfeiçoa o estudo dos solos, da higrometria e da genética das plantas, mas as colheitas só serão melhores se o lavrador incorporar esses dados heterogêneos.

Falar para esconder a realidade

Quando uma visão parcial do homem deseja ser totalmente explicativa, é preciso encontrar palavras e metáforas que criem uma representação coerente a partir desses dados segmentares. Convém então adorar um líder, um sacerdote, um cientista ou um filósofo para experimentar uma espécie de revelação. Tudo se explica pela economia, ou pela biologia, ou pela alma ou pela política. Escolha a disciplina que lhe convém, ela será parcialmente verdadeira e totalmente falsa. Mas se você conseguir tomar lugar num grupo de adoradores, você tentará impor sua verdade aos que não pensam como você. Nós nos sentimos bem juntos, nós nos compreendemos em poucas palavras, temos as mesmas crenças e, para melhor nos reconhecer, usamos as mesmas roupas, as mesmas insígnias, o mesmo corte de cabelo. Fazemos os mesmos gestos, cantamos os mesmos slogans, caminhamos no mesmo passo, ao som de uma mesma música, como um só homem, como marionetes. Que alegria! Que sensação de poder essa linguagem paraverbal que não designa nada da realidade, mas confere uma euforia exaltante! Os que não se deixam levar a essa técnica de linguagem se veem sozinhos na multidão, dubitativos, hesitantes, pensantes, em meio a um oceano de convicções. Nos anos 1930, na Alemanha, os adversários se enfrentavam em esquetes pré--verbais. Quando um oficial passava de carro por uma rua principal, a multidão de adoradores acorria para gritar seu amor e erguer o braço direito em sinal de pertencimento. Victor Klemperer não compartilhava dessa alegria. Incapaz de participar daquele evento, ele também corria, mas no sentido contrário, para encontrar uma ruela adjacente onde escapar ao êxtase coletivo. Era ali que ele encontrava dois ou três personagens, corados de tanto esforço, ofegantes por terem corrido para evitar a maré totalitária. Sem uma palavra, um sabia por que o outro estava ali. Meu amigo de infância Sebastian Haffner tem um testemunho igual. Quando uma coluna da SA passa pela rua "ou nos refugiamos atrás de uma porta ou fazemos como todo mundo, levantamos o braço, caso contrário somos espancados... Então nos alegrávamos e gritávamos com os lobos: *Heil, Heil!* E acabávamos tomando gosto por aquilo".[96] É aí que se esconde a força do conformismo. Quando gritamos junto com os lobos, acabamos nos sentindo lobos. A sensação de pertencer a um grupo é tão tranquilizadora e euforizante que nos deixamos inebriar. Até a violência, quando gritada em conjunto, acaba proporcionando uma agradável sensação de força. Não é o enunciado que nos galvaniza, é o fato de estarmos juntos e de cantarmos o ódio.

A língua serve aos sentimentos, tanto quanto à razão.[97] Mas as palavras que nos vêm à mente já são uma interpretação do real, uma traição dos fatos. Quando a realidade é insuportável e quero agir suavemente sobre a mente de outra pessoa, utilizo palavras que atenuam o horror. Em sentido inverso, posso escolher palavras diferentes para agravar a representação do mesmo fato. Se tenho o desejo

---

96. S. Haffner. *Histoire d'un Allemand. Souvenirs (1914-1933)*, op. cit., p. 193.
97. V. Klemperer, citado *in*: J. Dewitte. *Le Pouvoir de la langue et la Liberté de l'esprit*, op. cit., p. 183.

de me queixar, ou a intenção de culpabilizar meu agressor, escolho palavras enfáticas: "tortura, humilhação, desumanização". Se busco atenuar o massacre de inocentes, utilizo palavras técnicas, como "liquidar", ou higiênicas, como "depurar". Basta falar do inocente designando-o com as palavras "mancha" ou "parasita" para que a sequência lógica leve aos vocábulos "limpar a mancha" e "purificar". Se você quiser colonizar um país, tomar suas terras e roubar os bens de seus habitantes, as palavras "selvagens", "primitivos" ou "atrasados" lhe virão à mente. É, portanto, com toda lógica que você enviará o exército, médicos e professores para "pacificar" aquele povo ignorante e violento. Se você quiser expulsar os pobres imbecis de suas casas, diga que é preciso operar uma "transferência de população", para tomar uma parte de seu território. Você falará então em "retificação de fronteiras". George Orwell encontrou vários outros exemplos de eufemismos, palavras que permitem falar de horrores sem provocar uma sensação de horror.[98]

Quando a língua deixa de ser relacional, quando ela não serve mais para expressar sentimentos ou elaborar uma razão, ela se torna uma fórmula mágica que visa implantar na mente do outro uma representação fulgurante, imediata, jamais elaborada, simples afirmação que quer governar seu mundo mental. A língua a marteladas não é mais um órgão de relação, ela se torna um instrumento de ascendência que toma o poder graças ao conformismo e enxerta slogans no lugar dos pensamentos. Por isso em todas as ditaduras aqueles que utilizam as palavras para

---

98. G. Orwell. *1984*, op. cit.

pensar são considerados inimigos. Convém desconfiar deles, reeducá-los e, se preciso, eliminá-los.

Uma amiga minha, psicóloga em Buenos Aires, teve a curiosa ideia de se casar com um músico diretor do teatro da Ópera. Pouco depois que os militares tomaram o poder, ela viu aparecerem em seu consultório policiais que exigiram que ela entregasse o caderno de endereços de seus cúmplices. Primeiro ela afirmou que não tinha nenhum, até que entendeu que eles estavam falando de sua agenda, com os horários dos pacientes. Já que aquelas pessoas a procuravam para pensar nas coisas que as atormentavam, elas imediatamente se situavam fora da doxa totalitária. Elas eram cúmplices porque elaboravam um problema, em vez de repetir os enunciados do líder. Como o marido dessa psicóloga era diretor da Ópera, ele também foi considerado suspeito. Desde a Grécia Antiga, os artistas, porta-vozes dos cidadãos, colocam em cena os problemas da cidade. A arte tem um efeito democrático quando convida para o debate aquilo que, nos regimes totalitários, é considerado uma agressão, uma blasfêmia contra aquele que diz a única verdade. Morte aos psicólogos, aos artistas, aos jornalistas e aos filósofos! Eles precisam ser reeducados para que a ordem volte a reinar! A ordem dos cemitérios, da certeza preferível à febre democrática, onde nunca sabemos o que pensar: "Afinem seus violinos, diga-me em que devo acreditar", repetem os adoradores do líder que sabe tudo.

Nossa tendência é aceitar a ideia de que o enunciado designa coisas ou acontecimentos reais, enquanto a enunciação, a maneira de dizer, expressa a conotação afetiva do que é dito.⁹⁹ Talvez fosse mais justo especificar que as palavras que nos vêm à mente manifestam uma liberdade interior. Quando narramos um fato, nossa intenção é dar um testemunho e, ao mesmo tempo, contar a impressão que esse fato produziu em nossa alma. Temos, portanto, a escolha do tema e das palavras que dão forma a nossa emoção. Trata-se de fato de uma liberdade interior, pois poderíamos escolher não falar a respeito, ou falar sobre o fato com palavras escolhidas para modificar a conotação afetiva, atenuá-la, agravá-la, fazer sorrir ou escandalizar. O enunciado e a enunciação se associam para criar uma representação teatral do fato.

Algumas encenações da linguagem convidam ao debate, ao passo que outras silenciam. Quando vi a animação *Persépolis*[100], perguntei-me o que os iranianos deveriam ter feito para ajudar as mulheres a escapar do jugo linguístico e legal dos aiatolás. Quando vi o filme *Valsa com Bachir*[101], perguntei-me por que os soldados israelenses se sentiam culpados por não terem impedido o massacre dos palestinos em Sabra e Chatila pelas milícias libanesas. Mas quando vi *O encouraçado Potemkin*[102], que legitima a Revolução Russa de 1917, e *Olympia: ídolos do estádio*[103], sobre a força dos super-homens loiros, perguntei-me o que fazia a estranha beleza daquelas imagens. Ocorreu-me que o diretor não

---

99. J. Cosnier; C. Kerbrat-Orecchioni (org.). *Décrire la conversation*. Lyon: Presses universitaires de Lyon, 1987.
100. M. Satrapi; V. Paronnaud. *Persépolis*. Filme, 2007.
101. A. Folman. *Valsa com Bachir*. Filme, 2008.
102. S. Eisenstein. *O encouraçado Potemkin*. Filme, 1925.
103. L. Riefenstahl. *Olympia: ídolos do estádio*. Filme, 1936.

me convidava para o debate, ele (ela) impunha imagens convincentes, como uma propaganda, um romantismo sem limite, um exagero semântico, uma obra-prima publicitária. Os vermes fervilhando na comida dos marinheiros explicam e justificam a revolução comunista. Os belos atletas alemães ilustram a superioridade racial dos arianos. O estilo empolado desses filmes mostra uma imagem forte, uma carne podre, um berço despencando das escadarias de Odessa, em cena para despertar uma emoção sem nuanças, uma indignação, uma revolta que convence da necessidade dessas teorias extremas. Qualquer debate enfraqueceria o sentimento de verdade, enquanto uma imagem marcante produz certeza.

Se foi possível encontrar palavras que tornam suportável uma realidade insuportável, poderíamos, se necessário, encontrar palavras que tornassem insuportáveis uma realidade suportável? Nos últimos anos, quando um grupo de pessoas é privado de direitos não se fala mais em injustiça, prefere-se a palavra "apartheid". Quando um farmacêutico faz seu trabalho de profissional da saúde aplicando testes antivirais, não se diz que ele segue ordens governamentais, ele é chamado de "colaboracionista", para sugerir que ele é um traidor subjugado pelo ocupante sanitário. Quando se costura no peito uma estrela de David com as palavras "não vacinado", fabrica-se uma imagem que faz uma analogia entre os que preferem não se vacinar e os seis milhões de condenados à morte por causa dessa estrela. A que corresponde esse exagero indecente de um problema talvez legítimo? Essa inversão das palavras teria o objetivo de transformar em horror um problema que deveria provocar apenas embates explicativos? Por que se dizer perseguido, se temos o direito de não concordar? Será para legitimar sua própria violência? "Querem minha morte, então é legítimo que eu quebre tudo para me defender. Mas se eu quebrar tudo em vez de argumentar, encontro-me em situação de delinquência." Se "eufemismo" quer dizer "*eu* = agradável + *pheme* = palavra", o antônimo seria "*di* = mau funcionamento + *fama* = renome": utilizar palavras que ofendem. Os que falam assim sentem o prazer da profanação, atacando pessoas, objetos e lugares sagrados. Dizendo-se perseguidos, eles sugerem uma legítima defesa que suprime a sensação de delinquência. A difamação de massa e o assédio virtual ridicularizam a democracia, desviando as palavras do sofrimento para criar para si um prazer inconfessável.

Acredito que foi assim que Hannah Arendt descreveu Eichmann.[104] Conhecendo a monstruosidade de seus crimes, ela esperava ver um monstro. Seu estupor foi grande quando ela se viu diante de um sujeito banal, um fantoche ridículo que não sabia falar: "O antigo responsável do Terceiro Reich, que recorre constantemente a lugares-comuns, parece de fato sentir uma enorme dificuldade de encontrar as palavras e formular frases, o que... confere a sua linguagem um ar empolado e mecânico".[105] Eichmann está ridiculamente fora da realidade. Antes de morrer no cadafalso, ele disse com frieza: "Em breve nos veremos, senhores. Esse é o destino

---

104. H. Arendt. *Eichmann à Jérusalem*. Paris: Gallimard, 1991. [Em português: *Eichmann em Jerusalém*. Tradução de José Rubens Siqueira. São Paulo: Companhia das Letras, 1999.]
105. J. Dewitte. *Le Pouvoir de la langue et la Liberté de l'esprit*, op. cit., p. 253.

de todos os homens. Viva a Alemanha, viva a Argentina, viva a Áustria. Não as esquecerei".[106] Ridículo, incoerente, empolado, inadequado, quando ele responde a um juiz que "a linguagem administrativa é minha única linguagem", ele confirma que, para ele, as fórmulas prontas e os slogans ocupam o lugar dos pensamentos. Ele só obedecia, pois as ordens que recebia lhe permitiam realizar suas fantasias antissemitas. Nenhuma emoção, nenhum arrependimento, tenho a impressão de que ele tampouco conseguia imaginar a imensidão do crime que cometera, banalmente, com uma caneta, assinando dezenas de milhares de condenações de inocentes. Sua grande tranquilidade e sua surpreendente ausência de culpa vinham de sua submissão? Ele nunca foi forçado a obedecer, ele sujeitou a si mesmo para se beneficiar, para realizar suas fantasias antissemitas, matar judeus a canetadas.

Quando as massas são abandonadas, quando uma deficiência educativa ou cultural não lhes permite aprender a pensar, elas se submetem a pensamentos prontos e os repetem para ter a ilusão de compreender. A alexitimia de Eichmann é um bom exemplo. Quando um sujeito não é levado a pensar, ele não consegue encontrar as palavras para expressar seus sentimentos e suas ideias. Sua vida imaginária é pobre, ele encadeia frases monótonas de formulário administrativo ou de manual de instruções de uma cafeteira. O lirismo é impossível quando não se tem emoção. A recitação conformista leva a uma normalidade insípida, facilita as carreiras administrativas ou universitárias, mas torna impossível a poesia, o romance e

---

106. H. Arendt. *Eichmann à Jérusalem*, op. cit., p. 1262.

mesmo um testemunho empático. Impossível dizer: "Aquela mulher deve ter sofrido... Aquela criança privada de família terá um início de vida difícil". Para sentir empatia é preciso ser capaz de imaginar o mundo mental do outro. Quando aderimos à declaração, formulamos: "Aquela mulher deve ser colocada num campo, como está escrito no artigo 5 do código de arianização". Assinamos, fazemos bem nosso trabalho, não somos refreados por uma representação que nos deixasse desconfortáveis. Nenhuma introspecção, nenhuma deriva imaginária: assinamos, cumprimos nosso dever, ponto final. Quando Hannah Arendt utiliza a expressão "banalidade do mal", que lhe foi vivamente criticada[107], ela provavelmente poderia ter utilizado a palavra "alexitimia". Mas ela não existia em 1966. Esse neologismo foi criado em 1972 por Peter E. Sifneos e John C. Nemiah, em alusão ao grego: *a* (negação), *lexis* (palavra) e *thymos* (humor, sentimento)[108] para designar uma incapacidade de colocar em palavras um sentimento.

Submeter-se para libertar-se

Nenhum bebê nasce sabendo falar, ele precisará esperar o terceiro ano de vida para se tornar capaz de dar uma forma verbal à expressão de seus afetos. Se ele sentir emoções violentas, ele encontrará as palavras adequadas, mas se ele tiver passado seus primeiros anos num nicho afetivo pobre

---
107. Ibid.
108. J.-M. Alby. "Alexithymie". *In*: Y. Pélicier (org.). *Les Objets de la psychiatrie*. Bordeaux: L'Esprit du temps, 1997, p. 33-34.

em vocabulário, ele só encontrará uma linguagem rasa para expressar seus pensamentos mais íntimos. Quando uma criança chega ao mundo, ela não sabe o que deve fazer, ela não consegue controlar o que sente, ela não entende o que percebe. Para viver nesse nicho sensorial em que a vida a colocou, ela precisará aprender tudo. Para não morrer, a submissão é necessária. Ela não pode escapar à marca de seu meio. No dia de seu nascimento, ela dispõe de um pequeníssimo arsenal de comportamentos que lhe permite se ligar a uma figura familiar que os adultos chamam de "mãe". O bebê só percebe um objeto parcial, que tem a forma e a cor do mamilo para o qual ele se orienta sem nenhum aprendizado. Ao mamar, ele é atraído pelo brilho dos olhos, pelos movimentos oculares, pela baixa frequência da voz, pelo jeito de manipular da dona do mamilo. E somente depois que essa primeira base de segurança estiver impregnada em sua memória ele poderá começar a explorar o que o cerca. Nessa altura do desenvolvimento de seu aparato de ver o mundo, ele depende totalmente do objeto sensorial colocado a seu redor. Se um acidente o privar desse objeto, o pequeno não desenvolverá nenhuma de suas competências, que, se não estimuladas, se atrofiam.[109]

Quando o bebê seguro abre sua consciência para buscar outras informações em torno do corpo da mãe, ele descobre outro objeto sensorial, associado à mãe e, no entanto, diferente, que os adultos chamam de "pai".

---

109. H. Romano. *Quand la mère est absente. Souffrance des liens mère-enfant.* Paris: Odile Jacob, 2021; M. Dugnat, N. Collomb, F. Poinso (org.). *Soins, corps et langage. En clinique périnatale.* Toulouse: Arip/Érès, 2020.

Hoje o chamamos de "segunda figura parental", dada a modificação das estruturas familiares em nossas novas sociedades.[110] Alguns anos depois, quando a criança começa a ouvir as narrativas familiares e culturais, ela se integra a uma filiação que participa da construção de sua identidade.[111] Essa trama externa forma os três nichos ecológicos (biológico, afetivo e verbal) sem os quais uma criança não pode se desenvolver. Ela é essencialmente determinada pela estrutura de seu ambiente, onde, para se tornar ela mesma, ela precisa obedecer para receber a marca de seu meio. Ela não pode se desenvolver fora dos três nichos que constituem sua ecologia: sensorialidade, afetividade e verbalidade. Quando um de seus nichos é deficiente – morte ou sofrimento da mãe, alteração afetiva ou relatos traumáticos –, a criança sofre uma distorção de desenvolvimento. Às vezes é o organismo da criança que não aceita a marca do meio, devido a uma doença genética, uma encefalopatia ou um distúrbio de neurodesenvolvimento. Quando a transação entre o organismo e seu meio é alterada, a criança pena para se tornar ela mesma. Ela se constrói de maneira instável, pois tem dificuldade de incorporar as pressões do meio.[112] Para se desenvolver harmoniosamente, ela precisa se submeter e "digerir" as

---

110. M. Godelier. "Systèmes de parenté et formes de famille". *In:* M. Dugnat; N. Collomb; F. Poinso (org.). *Soins, corps et langage. En clinique périnatale,* op. cit., p. 53-59.
111. J. Gayon (org.). *L'Identité. Dictionnaire encyclopédique.* Paris: Gallimard, 2020.
112. U. Bronfenbrenner. *Making Human Beings Human. Bioecological Perspectives on Human Development.* Londres: Sage, 2004. B. Cyrulnik. *Des âmes et des saisons.* Paris: Odile Jacob, 2021.

pressões biológicas, afetivas e verbais. Somente então ela poderá ver seu mundo e julgá-lo em seu próprio nome.

Isso significa que só podemos alcançar um grau de liberdade interior se nosso aparelho de ver o mundo e de pensar tiver sido bem construído: "Essa nova noção de liberdade se baseia na libertação da pobreza".[113] Para um psicólogo, a pobreza sensorial e verbal costuma estar ligada à pobreza social, pois os pais passam por dificuldades. No entanto, numa família pobre estruturada pelo afeto e pela cultura, as crianças não são infelizes e se desenvolvem bem. Em contrapartida, quando as condições de desenvolvimento não são garantidas, quando os tutores estão dilacerados ou malformados, a criança se constrói de través e não consegue adquirir um grau de liberdade interior.

Quando não podemos julgar e decidir por nós mesmos, sentimos alívio de nos submeter a alguém que pense por nós. Quando nos sentimos fadados à infelicidade, buscamos as causas desse sofrimento e acusamos um bode expiatório, o que aumenta a infelicidade: "É culpa de Voltaire... de minha mãe... dos estrangeiros... dos infiéis... da elite... dos imbecis...". É por isso que a linguagem totalitária produz uma felicidade ruim. Os que não puderam adquirir uma liberdade interior se sentem aliviados ao se submeterem a um protetor que diz a verdade e dá esperança, desde que obedeçam a ele: "Sou seu salvador, se você quiser a liberdade, obedeça... depure... pacifique... reeduque os infiéis que não pensam como seu líder adorado". A união de

---

113. H. Arendt. *La liberté d'être libre*. Paris: Payot, 2019, p. 65. [Em português: *Liberdade para ser livre*. Tradução de Pedro Duarte. Rio de Janeiro: Bazar do Tempo, 2018.]

uma multidão com seu defensor produz um amor intenso: "Adoro meu povo", diz o salvador, "estou disposto a morrer por ele..." "Venero meu libertador", diz o resgatado, "estou disposto a morrer por ele." Ivã, o Terrível, Napoleão, Mao, Hitler e Stálin ordenaram ao povo que morresse na guerra para obter a paz. Mas quando o êxtase amoroso se extingue, o povo ainda infeliz descobre que foi enganado por uma utopia maravilhosa. Jamais um governo de sonho reinou sobre um povo feliz. A utopia comunista, generosa e mortífera, e a utopia nazista, desdenhosa e criminosa, inflamaram as massas até a decepção. Então as massas matam seus salvadores.

O pertencimento é necessário para o desenvolvimento do corpo e do pensamento da criança. Mas quando ele leva à dependência, o sujeito não tem acesso à sua liberdade interior, ele continua adorando aquele (aquela) que o conduz à servidão. É o que acontece nos casais em que o amor maravilhoso provoca a despersonalização de um dos cônjuges. Esse processo se manifesta nos levantes de massa que idealizam o líder e na díade mãe-criança quando o laço de pertencimento, necessário para o desenvolvimento, se transforma em prisão que impede a liberdade interior e erotiza a submissão.

A adaptação ao mundo depende da estrutura afetiva que se impregna em nossa memória. Um estilo de apego é uma maneira de socialização, de estabelecer relações com os outros. A partir do décimo mês de vida, seja qual for a cultura, todas as crianças adquiriram um estilo de apego. Esquematicamente, dizemos que 60% têm um apego seguro, elas permanecem confiantes diante das pequenas provações da vida; 20% manifestam um apego evitante, calmo, distante e pouco expressivo; 15% são ambivalentes, ficam felizes de estar com os que amam e os agridem criticando-os por não estarem sempre presentes; e 5% são desorganizados, confusos, o que revela uma importante dificuldade de desenvolvimento.[114] Essas categorias afetivas não são organizações fixas, melhor falar em adjetivos que caracterizam uma maneira de estabelecer relações e que evoluem com o tempo e os relacionamentos.

Durante um acontecimento externo, as reações adaptativas do sujeito são influenciadas pelo estilo afetivo adquirido anteriormente.[115] Quando surge um distúrbio em um desses nichos sensoriais, a criança responde com o que está dentro dela. Em caso de conflito conjugal, divórcio ou luto, ela se adapta utilizando os recursos construídos internamente durante seu desenvolvimento. As crianças confusas ficam ainda mais desorientadas quando o meio se desorganiza. As ambivalentes fazem declarações de amor aos pais que elas agridem. E as evitantes dizem que o problema não é delas. Elas se comovem pouco porque só contam consigo mesmas, ou mascaram seus problemas tentando se tornar indiferentes. As crianças seguras, comovidas pelo rompimento parental, analisam a situação, tentam entender, depois decidem uma estratégia de relacionamento. Poderíamos dizer que elas adquiriram uma liberdade interior que as ajudou a enfrentar

---

114. N. Guedeney; A. Guedeney. *L'Attachement. Concepts et applications*. Paris: Masson, 2002.
115. B. Pierrehumbert. "L'attachement au temps de la Covid-19. Partie 1 et 2". *JDP Enfance*, 2021, 127, p. 10-19.

os problemas, a avaliar a situação e a decidir o que deve ser feito para atenuar o sofrimento?[116]

Ao inverso, as crianças que internalizaram fatores de vulnerabilidade ao longo de seu desenvolvimento precoce sofrem bastante com esses acontecimentos estressantes. Uma criança segura vive qualquer situação nova como um jogo exploratório, ao passo que uma insegura sente a mesma situação como um perigo. As culturas atribuem papéis sociais a esses temperamentos diferentes: os ansiosos assumem a função de lançar o alerta[117] ao menor perigo, os evitantes aceitam sem discutir qualquer discurso acadêmico ou científico, tornando-se bons alunos e cidadãos passivos. É assim que podemos explicar as diferentes reações diante de uma convulsão social? Alguns se fecham em grupos de autodefesa em que o temor os torna agressivos, enquanto outros evoluem e mudam suas relações. Em todas essas situações, o tipo de apego selecionou as informações extraídas da realidade e atribuiu a elas uma conotação afetiva.

Depois, o relato que fazemos desses acontecimentos confere uma forma verbal ao mundo íntimo, por isso cada relato é verdadeiro, mesmo quando diferente. Os apegados seguros, que aprenderam a analisar e avaliar as informações extraídas do real, fazem relatos concordantes com os relatos sociais. Mas nossa capacidade para a palavra é tão potente que nos tornamos capazes de designar acontecimentos cada

---

116. L. Moccia *et al.* "Affective temperament, attachment style and the psychological impact of the Covid-19 outbreak: An early report on the Italian general population". *Brain, Behaviour and Immunity*, 2020, 87, p. 75-79.
117. B. Pierrehumbert. "L'attachement au temps de la Covid-19. Partie 1 et 2", art. cit.

vez mais afastados do mundo sensível, até que criamos uma entidade impossível de perceber, mas que sentimos no fundo de nós mesmos. É por isso que podemos habitar crenças apartadas da realidade e percebidas como evidências. Nos anos do pós-guerra, foi-me simplesmente impossível contar o que acontecera comigo: minha prisão pela Gestapo francesa aos seis anos de idade, minha fuga e a perseguição pela administração municipal. Os adultos não conseguiam acreditar numa história inverossímil em seu mundo mental. Eles tinham passado pela guerra em condições diferentes, cruéis e às vezes agradáveis, portanto eles tinham uma experiência individual diferente daquele mesmo período. Habitando suas próprias representações, extraídas de uma experiência verdadeira, eles não sabiam ou não desejavam fazer o esforço de sair de si mesmos para imaginar a experiência inverossímil de um garotinho de seis anos, condenado à morte e fugindo sob circunstâncias rocambolescas. Foi graças à publicação de um livro meu, em 1983[118], que fui convidado por uma emissora de televisão da Aquitânia e pude reencontrar as testemunhas de minha fuga: a sra. Descoubès, a enfermeira que me fizera sinal para correr e me esconder na caminhonete, Gilberte Blanché, a senhora moribunda sob a qual me escondi, seu filho Jacques e sua neta Valérie, a quem ela contara a história, Jacques de Léotard, o estudante de direito que me fizera entrar numa marmita do refeitório da universidade e, principalmente, Margot Farges, que, por vários anos encontrou refúgios para mim numa rede de Justos, quase todos

---

118. B. Cyrulnik. *Mémoire de singe et paroles d'homme*. Paris: Hachette, 1983. [Em português: *Memória de macaco e palavra de homem*. Tradução de Ana Maria Rabaça. Lisboa: Instituto Piaget, 1993.]

professores.[119] Esse programa de televisão foi para mim o equivalente de outro programa[120], em que, graças ao elevado número de espectadores, a probabilidade de encontrar um parente desaparecido era alta. Sem ele, como eu poderia ter encontrado aquelas pessoas? Eu nunca teria provado a realidade de uma história improvável.

Esse acontecimento de minha infância me fez compreender que as pessoas que não acreditavam em mim tinham construído para si uma visão clara de mundo, simplificando-a. A ausência de dúvida permitia que tivessem uma conduta a seguir, ao passo que um questionamento e uma reflexão teriam embaralhado a visão inteligível de que precisavam. Por que certas pessoas têm convicções imediatas? Sem questionamento e sem reflexão, elas afirmam: "Não acredito em você. Você está contando histórias". Essa frase, que ouvi depois da guerra, me calou por quarenta anos. Obrigando-me ao silêncio, as pessoas tinham uma sensação de verdade que lhes permitia evitar a complexidade do real. O que elas chamavam de "dúvida" ("Duvido da sua história") era na verdade uma certeza que deixava suas mentes tranquilas. Quando um esquema simplifica uma situação para melhor explicá-la, um slogan oferece uma certeza que interrompe o pensamento.

Deparei-me com essa situação a vida toda. Quando voltei de Bucareste, em 1954, pedi a meus amigos comunistas que me explicassem por que o que eu via não

---

119. B. Cyrulnik. *Sauve-toi, la vie t'appelle*. Paris: Odile Jacob, 2012. [Em português: *Corra, a vida te chama*. Tradução de Rejane Janowitzer. Rio de Janeiro: Rocco, 2013.]
120. J. Pradel. *Perdue de vue*. Programa no canal TF1, 1990-1997.

correspondia às maravilhas que o Partido contava. A resposta foi clara: "Você é jovem demais para entender". Como eu insisti, eles disseram: "Se é o que pensa, não pode mais ficar conosco". Para ter certezas, as ideias precisam ser claras, a fim de eliminar tudo o que poderia nuançá-las. Todas aquelas pessoas que eu estimava preservavam o teorema, a hipótese a ser demonstrada. Para manter a mente clara, elas se proibiam qualquer tipo de observação que pudesse colocar em dúvida a proposição de base. Com esse método de depuração intelectual, a hipótese a ser demonstrada se transforma em postulado que diz a verdade: "É verdade porque meu líder disse que é verdade". É assim que nos deixamos levar a crenças totalitárias.

Há alguns anos, tive a oportunidade de apresentar algumas conferências em Ramala.[121] A universidade é muito bonita, em grande parte financiada pela França. Michel Manciaux e eu fomos muito bens recebidos. As reuniões eram conduzidas por alunos e professores, cuja tolerância e abertura admiramos. Quando voltei para a França, tentei dar um testemunho do que vi, mas fui vivamente criticado pelo Betar, movimento judaico de tendência direitista, e pela extrema-esquerda, ou seja, pelos que têm as ideias mais quadradas. O Betar pediu na Internet que alguém quebrasse minha cara e a extrema-esquerda de Marselha gritou sua indignação quando eu disse que à noite jantávamos em ótimos restaurantes com jardins floridos. "Tudo está destruído", bradavam pessoas que nunca tinham ido a Ramala, "a Palestina é um hospital a céu aberto." A emissora Al Jazeera é

---

121. Encontros organizados pelos Instituto Francês de Ramala, capital administrativa da Autoridade Palestina.

muito mais honesta ao mostrar documentários em que os habitantes de Gaza tentam construir um país subvencionado pela ajuda internacional e ao filmar palestinos que se tornam médicos e professores em excelentes hospitais israelenses onde sorridentes enfermeiras de véu vacinam homens de quipá. A emissora do Catar, absurdamente rica, também mostra as casas palestinas destruídas pelos colonos. Para viver num mundo de certezas, os extremistas precisam refutar todo testemunho que matize a reflexão. Assim, seguros de si, eles podem defender as ideias do líder.

Organizar o mundo externo para estruturar o mundo interno

Essa atitude totalitária não é apenas religiosa ou política, ela também pode ser científica. Em 1967-1968, na neurocirurgia, eu via todos os dias atrofias cerebrais frontais, temporais e ventriculares, mais ou menos difusas ou localizadas. Ignorávamos a causa dessas atrofias, menos nos casos de hidrocefalia, em que restava apenas uma fina lâmina de córtex. Quando cheguei ao hospital de Digne, continuei descrevendo essas atrofias, mas alguns colegas se indignaram, afirmando que elas eram absurdas e que nunca se vira um cérebro derreter. Em torno deles se reunia um pequeno grupo de opositores a essa informação. As pessoas que não trabalhavam com isso tinham dificuldade de escolher suas crenças. No entanto, em 1981, Hubel e

Wiesel demonstraram que a atrofia cerebral localizada era provocada por uma carência no ambiente externo. Os neurocientistas taparam o olho esquerdo de um pequeno grupo de gatinhos e constataram uma atrofia occipital direita, a zona dos estímulos visuais. Quando eles taparam o olho direito de outro grupo de gatinhos, constataram uma atrofia occipital esquerda, provando assim a plasticidade cerebral. Era fora do cérebro, no meio que cercava o organismo, que se devia buscar a falência de uma zona cerebral. O prêmio Nobel que eles ganharam não penetrara a cultura, na qual ainda se aprendia a pensar que um corpo, um cérebro ou uma alma podiam se desenvolver sem levar em conta as pressões do meio. Uma criança saudável não tem atrofias cerebrais, se certas zonas não funcionam direito "é a prova de que essa criança é de má qualidade", dizia-se, sem realmente perceber que essa explicação se aproximava dos estereótipos racistas.

Foi o argumento que ouvi quando, junto com a Médicos do Mundo, voltei a Bucareste em 1989. O presidente-ditador Ceauşescu, para pagar a dívida do país, fazia as mulheres trabalharem catorze horas por dia. Ele exigia que inspetoras vigiassem suas roupas íntimas, para que elas não pudessem abortar e fossem obrigadas a parir o máximo possível de futuros operários. Como nada fora previsto para o cuidado daquelas 170 mil crianças, elas foram colocadas em grandes espaços abusivamente chamados de "orfanatos". Ninguém falava com elas, ninguém cuidava delas. Com uma gamela por dia e um jato d'água por mês, quase todas aquelas crianças tinham zonas cerebrais atrofiadas. Outras instituições romenas salvaram crianças abandonadas simplesmente oferecendo um ambiente estruturado pelo afeto e pela educação.[122] Os médicos identificam problemas que nem sempre conseguem explicar cientificamente. Eles fazem uma constatação clínica, sugerem uma hipótese, comparam populações e evoluções espontâneas ou terapêuticas do caso, mas dificilmente conseguem realizar manipulações experimentais que lhes seriam eticamente criticadas. Os cientistas, por sua vez, devem realizar manipulações e determinar os sintomas revelados pelos médicos.[123] Charles A. Nelson, cuja autoridade é reconhecida por todas as academias, criou em 2000 uma associação de pesquisadores chamada Bucharest Early Intervention Project (BEIP). Nesse trabalho espantoso, análises precisas confirmam a importância do período sensível nos primeiros anos de vida. Quando uma privação de sensorialidade interrompe o desenvolvimento, ela provoca uma alteração cerebral. Na verdade, uma série de publicações resultou nesse trabalho citado em todo o mundo. Desde os anos 1930, os etólogos descrevem a noção de período sensível, durante o qual um organismo se torna hipersensível a um tipo de estímulo sensorial.[124] Quando essa informação falta, um transtorno cerebral se instala.

As observações de animais, na natureza e em laboratório, revelam que um cérebro não percebe da mesma

---

122. Violeta Stan e Catherine Sellenet, na conferência "Quand les liens dérapent", Salon-de-Provence, 27/05/2016.
123. C. A. Nelson; N. A. Fox; C. H. Zeanah. *Romania's Abandoned Children. Deprivation, Brain, Development, and the Struggle for Recovery*. Cambridge: Harvard University Press, 2014.
124. I. Eibl-Eibesfeldt. *Éthologie. Biologie du comportement*. Paris: Éditions Ophrys, 1984.

maneira uma mesma informação, dependendo de seu desenvolvimento. No início dos anos 1950, René Spitz utilizou essa informação para confirmar, como Sigmund Freud, a importância dos primeiros meses de vida.[125] Nesse livrinho surpreendente, encontramos tudo o que fundamenta o sucesso das teorias do apego, que hoje são as mais ensinadas nas universidades e nas formações profissionais. Na bibliografia desse psicanalista, encontramos 21 citações de etologia animal. Mas é John Bowlby quem estabelece as bases de uma nova disciplina: o apego.[126]

A consequência prática das observações realizadas pela Unicef e pela Médicos do Mundo sobre as crianças abandonadas nos orfanatos romenos foi a indicação de que os Estados não as fechassem em grandes instituições e que as confiassem a famílias de acolhida. Esse sábio conselho deve ser nuançado: em 1945, 250 mil órfãos de guerra foram colocados em grandes instituições que às vezes abrigavam milhares de crianças. Um balanço efetuado cinquenta anos depois mostrou que a maioria se saiu bem. Houve alguns efeitos trágicos em crianças que tinham sido levadas para campos de extermínio, que tinham passado fome nos

---

125. R. A. Spitz (prefácio de Anna Freud). *La Première Année de la vie de l'enfant.* Paris: PUF, 1963. [Em português: *O primeiro ano de vida.* Tradução de Erothildes Millan Barros da Rocha. São Paulo: WMF Martins Fontes, 2013.]

126. J. Bowlby. *L'Attachement.* 3 tomos. Paris: PUF, 1978-1982. [Em português: *Apego e perda: apego – a natureza do vínculo* (volume 1). Tradução de Álvaro Cabral e Auriphebo Berrance Simões. *Apego e perda: separação – angústia e raiva* (volume 2). Tradução de Octanny S. da Mota e Mauro Hegenberg. *Apego e perda: perda – tristeza e depressão* (volume 3). Tradução de Waltensir Dutra. São Paulo: Martins Fontes 20002 e 2004.]

guetos, que tinham sido perseguidas em cidades e aldeias e que se viram sozinhas, sem escola e sem família quando da Libertação. Mas a maior parte das crianças recebidas em grandes instituições[127] pensou: "Preciso logo aprender um ofício". Elas recuperaram o bom desenvolvimento, se socializaram e fundaram famílias. Nessa população, notam-se menos desempregados do que na população em geral e notáveis êxitos empreendedores.

Nas instituições[128] que privilegiaram o desenvolvimento intelectual, algumas crianças se tornaram cientistas e professores universitários, mas muitas se orientaram para as artes. A literatura e o cinema ofereceram lugares de fala em que a expressão artística permitiu dar forma ao que não podia ser dito. A expressão: "Realização individual e social" não quer dizer que elas retomaram o desenvolvimento normalmente, como se o trauma, a guerra, a perseguição e o abandono não tivessem deixado nenhuma marca em seu psiquismo. Mesmo quando elas se desenvolveram bem, guardaram em suas almas de adultos uma vulnerabilidade afetiva que prejudicava suas relações e, ao mesmo tempo, alimentava suas criatividades.[129]

Quando comparamos o futuro catastrófico das 170 mil crianças romenas que tiveram suas almas assassinadas nos orfanatos de Ceaușescu com a boa evolução de grande

---

127. Œuvre de Secours aux Enfants (OSE). Les Apprentis d'Autreuil, SOS Villages, entre outras.
128. Œuvre de Secours aux Enfants (OSE), Commissions Centrale de l'Enfance (CCE), Maison de Montmorency.
129. *Lendemains, Journal des Enfants de l'OSE (1946-1948)*, prefácio de Simone Veil. Paris: OSE, 2012.

número dos 250 mil órfãos da guerra, e as imensas dificuldades das 300 mil crianças da Aide Sociale à l'Enfance (ASE) hoje em dia na França, podemos sugerir a hipótese de que a diferença entre seus futuros se enraíza na qualidade dos primeiros mil dias de vida. Os bebês isolados em imensas salas pouco tempo depois do nascimento não puderem formar uma boa base de partida. Essa constatação também vale para as crianças entregues à ASE na França, pois suas famílias, com grande dificuldade afetiva, educativa e social, não puderam estruturar em torno delas um nicho sensorial seguro e dinâmico. Os educadores motivados são desencorajados pelo pequeníssimo número de profissionais, que têm pouca formação nas práticas de apego e que dedicam mais tempo aos formulários administrativos do que ao relacionamento com as crianças. A carência institucional não consegue suprir a carência familiar.

Isso não se aplica aos órfãos da guerra. A maioria havia adquirido em suas famílias de origem uma base sólida e segura[130] antes de serem atingidos pela tragédia social. Eles sofreram com a perda, mas em 1945 foram acolhidos em lares de trinta a quarenta crianças, ou grandes castelos para milhares de pequenos internos. Os "monitores" (pois a profissão de educador ainda não existia), muitas vezes inspirados em Korczak[131], tinham como missão organizar lugares de fala e de criação artística, cursos profissionalizantes e

---

130. O relatório da comissão dos primeiros mil dias publicou na Internet 75 propostas para estruturar essa base de partida na vida.
131. J. Korczak. *Le Droit de l'enfant au respect*. Paris: Éditions Fabert, 2017. [Em português: *O direito da criança ao respeito*. Tradução de Yan Michalski. São Paulo: Summus Editorial, 1986.]

brincadeiras lúdicas. Esses "educadores" sem diploma, com seus ateliês, suas canções e seus teatros, representaram para as crianças machucadas tutores resilientes que permitiram que a maioria retomasse um desenvolvimento adequado.

Myrna Gannagé, em sua tese orientada por Colette Chiland, confirma essa explicação.[132] Depois da longa guerra civil no Líbano (1975-1990), ela acompanhou três pequenos grupos de crianças. Os exilados parisienses puderam permanecer em suas famílias estáveis, onde continuaram um bom desenvolvimento, como era de se prever. A surpresa foi constatar que as crianças entregues a instituições se desenvolveram melhor do que as que precisaram ficar em suas próprias famílias traumatizadas pela guerra. O que prejudica uma criança é a carência afetiva e a falta de sentido do sofrimento, mais do que o tamanho da instituição. É verdade que um lugar grande facilita a anomia, mas quando a instituição organiza encontros afetivos e lugares de fala, a criança se sai melhor do que numa família entorpecida pelo sofrimento.

Nos anos 1930, os psicanalistas tinham trazido à luz transtornos provocados pela carência afetiva[133], mas o contexto cultural que preparava a guerra, o trabalho em fábricas e no fundo das minas valorizava a força física, a coragem e a violência (chamada de heroísmo). A afetividade era considerada uma fraqueza e seu impacto biológico, impensável, parecia estúpido. As publicações científicas não tinham alcance e os estereótipos estruturavam a cultura. O

---
132. M. Gannagé. *L'Enfant, les Parents, la Guerre. Une étude clinique au Liban.* Paris: ESF, 1998.
133. C. Buehler. *The First Year of Life.* Londres: Kagan Paul, 1927.

discurso clínico e psicanalítico era abafado por outro discurso, abusivamente explicativo, baseado num postulado que afirmava sem provas e sem reflexão: "É preciso ser forte, esmagar os fracos e mesmo eliminá-los, pois sua simples existência vulnerabiliza a sociedade". Enquanto a literatura científica engatinhava, os escritos totalitários bradavam. A dúvida metódica leva à escolha, garante a liberdade interior, enquanto as afirmações repetidas e tonitruantes produzem convicções. Nos anos 1930, os discursos religiosos, fascistas, nazistas e comunistas estruturavam as narrativas coletivas, sugerindo: "você tem a liberdade de escolher seu senhor". Essa injunção paradoxal provocava uma deriva semântica ao indicar uma única liberdade: a de se submeter ao líder que sabe tudo e cuja palavra leva ao futuro glorioso, aos mil anos de felicidade ou ao Paraíso. É assim que se iniciam as relações de submissão: "Vou impor minha lei a você para que você seja feliz", diz o tirano doméstico. "Faça o que eu digo, assim salvará sua alma", diz o guru... "Sou eu ou o caos", diz o candidato a ditador.

Podemos nos perguntar por que algumas pessoas se dão ao trabalho de julgar por si mesmas, enquanto outras sentem um grande prazer em se deixar levar a um êxtase coletivo que interrompe o pensamento. Enquanto alguns julgam, outros prejulgam. Seria devido a construções de temperamentos diferentes ao longo da aquisição de estilos de apego? Os que adquiriram um apego seguro, mais tranquilo, parecem tomar tempo de brincar com as ideias, pesar os prós e os contras, antes de julgar e decidir.[134] Os inseguros

---

134. B. Pierrehumbert. "L'attachement au temps de la Covid-19. Partie 1 et 2", art. cit.

precisam de certezas para se sentir à vontade, por isso eles prejulgam e aceitam as ideias prontas, claras e sem nuanças que os ajudam a se engajar na vida.

Engajar-se no sexo e na morte

Como viveríamos sem engajamentos? Seríamos almas errantes carregadas pelo vento das ideias, sem objetivos, sem sonhos. Nossa vida não teria sentido, emoções, prazer ou ânsia de viver. Teríamos a felicidade das calmas insípidas, a sensação de não viver. Felizmente, dispomos no máximo de 120 anos para viver, como afirmam os geneticistas. Ainda bem, pois é a morte que dá sentido à vida. Precisamos nos engajar, para viver antes de morrer. Morrer é ter tido a sorte de viver. No dia de nossa morte – não importa se fomos flor, pássaro, mamífero ou ser humano –, nosso organismo é diferente daquele que foi ao nascer. Evoluímos sob o efeito da dupla tensão entre nosso mundo interior e as pressões do meio. Sem a morte e sem o sexo, os indivíduos não podem evoluir e a espécie inteira desaparece, como o confirmam 96% dos animais que viviam na Terra originalmente e cujos vestígios fósseis às vezes encontramos. É graças ao sexo que, a cada geração, podemos ter filhos diferentes nascidos dos dois mesmos genitores. Tanto que, quando o meio muda, coisa que ele está sempre fazendo, uma parte dos filhos se adapta ao novo ambiente. O surgimento da sexualidade no mundo vivo permite a evolução das espécies, assim como o surgimento da motivação sexual no indivíduo o convida a fazer evoluir seus laços de apego. A orientação sexual só aparece quando o organismo se torna capaz de dar a vida, por isso a puberdade leva à mudança de apego. Nos pássaros, quando o filhote cresce, ele deixa de seguir a mãe, apesar da marca que ela imprimiu nele. Nos mamíferos, o jovem macho, ou a jovem fêmea, dependendo da espécie, precisa abandonar seu grupo de origem, o que constitui um equivalente da inibição ao incesto.[135] Nos seres humanos, a avidez pelo corpo do outro, que chamamos "desejo", orienta para um novo objeto, dessa vez sexual, com o qual o jovem deverá tecer um novo laço de apego. Primeiro, o organismo recebe a marca de sua mãe e de seu meio, para nele tecer um laço de apego desprovido de sexualidade. Na puberdade, ele precisa sair para encontrar um outro organismo, um parceiro com o qual ele tecerá outro laço. Inicialmente, o engajamento é passivo, mas quando surge a motivação sexual, ele se torna ativo, dirigido para um objeto que não a mãe, o que produz uma abertura biológica (fazer um filho), afetiva (apegar-se de maneira parental) e social (ter lugar no grupo).

Nós, humanos, precisamos receber uma marca para nos tornarmos nós mesmos e precisamos nos livrar dela durante a puberdade para nos engajarmos em outra coisa a fim de evoluir. Esse processo de forças opostas e harmoniosas precisa de uma regulagem perfeita e dinâmica. Não surpreende que haja problemas e distúrbios do engajamento. Quando somos pequenos, antes da idade da sexualidade, procuramos a figura de apego que nos trará segurança. Deixamos que ela nos pegue, levante, revire,

---

[135] N. Bishop. "Éthologie comparative de la prévention de l'inceste". *In*: R. Fox (org.). *Anthropologie biosociale*. Bruxelas: Complexe, 1978.

limpe, alimente, vista, mime e impregne de palavras que criarão uma autoestrada mental entre mãe e filho. Estamos comprometidos, aceitamos com alegria não ter liberdade, pois em troca obtemos proteção e amor. Assim que a mãe está presente e se impregna em minha memória, adquiro confiança em mim porque me entrego a ela. Confio no que ela faz e no que ela diz. Dando-lhe o poder de me influenciar, faço um bom negócio, porque em troca da perda de liberdade eu me sinto bem com ela. Chegando ao mundo, eu não sabia nada, nada me era familiar, só pude aprender o mundo a partir dela, minha base de segurança.

Tive a fase do "não", por volta dos três anos de idade, quando manifestei algumas oposições que me encheram de orgulho. Mas era um pequeno exercício de libertação, comparado ao salto no vazio do pássaro que deixa o ninho ou do adolescente que sonha em sair de casa. Os mal-entendidos afetivos são frequentes quando a criança se esconde embaixo da mesa esperando a alegria do reencontro e sua mãe se zanga porque vai perder o ônibus. Às vezes o adolescente adorado teme perder a segurança ao se tornar autônomo e fica furioso com aqueles que o criaram numa prisão afetiva.

O processo natural é o seguinte, portanto:
- engajamento passivo, vital durante a primeira infância, quando a criança recebe a marca de seu meio;
- libertação para se tornar ela mesmo durante a puberdade;
- reengajamento ativo num novo laço, sexual e parental.

Problemas podem surgir em todos os estágios desse processo. O isolamento sensorial é a principal causa de alteração quando o empobrecimento do meio provoca a disfunção cerebral da criança. A puberdade dá um impulso feliz em direção ao corpo do outro, mas quando o ímpeto sexual não é ritualizado pela educação e pelas regras culturais, ele se transforma em passagem ao ato penalizável ou inibição angustiante. Quando a cultura não oferece nem sonhos nem lugares para adquirir autonomia, o jovem se torna errante, não orientado para um projeto. Ele corre o risco de se tornar alvo de um salvador que diz no que ele deve acreditar e tem um discurso claro que oferece uma esperança utópica. É a idade da confiança cega num mestre intelectual que pode se apoderar da alma de um jovem em busca de um caminho. Quando a liberdade é angustiante porque todas as escolhas o tornam responsável, a servidão se torna reconfortante. Aceitamos com alívio um regime autoritário, religioso ou profano. Pensamos que é normal ser orientado socialmente e ser casado por um sacerdote ou pelos pais. Toda divergência é percebida como um ato de delinquência. O conformismo se torna a pressão afetiva e social que leva ao integrismo. Então participamos com alegria do coro dos papagaios, cantamos todos juntos os slogans que dão uma sensação de força e uma ilusão de pensamento.

A superpopulação facilita essa reação de defesa. Quando vivemos numa megalópole, num subúrbio em que a grande densidade populacional torna impossível o apego, todos os vizinhos se tornam estrangeiros. Num meio anômico, só podemos imaginar aqueles que não podemos encontrar.[136] Então, à menor perturbação climática, social ou institucional, procuramos um bode expiatório e, acreditando ter encontrado a causa do problema, nos sentimos melhor... provisoriamente.[137] Num contexto de paz, 70% dos jovens adquirem um apego seguro, o que lhes dá tempo de pensar antes do engajamento. Num país em guerra, porém, ou em caos cultural, essa porcentagem diminui enormemente de acordo com a intensidade e a duração da desordem social. É nessa população de jovens que adquiriram um apego inseguro que encontramos a tendência de se submeter para se sentir melhor. Esses jovens aceitam uma verdade revelada por um salvador que indica a direção de uma felicidade utópica.[138]

Os adolescentes que hoje entram na aventura sexual e social provavelmente terão três ou quatro casamentos e de quatro a seis empregos. O engajamento não tecerá mais o mesmo laço de apego de seus pais e avós. Como eles pagarão por essa liberdade? Eles sentirão o prazer de trocar de parceiros e empregos, ou sentirão essa instabilidade como um estresse ou uma perda repetida? Numa grande população, inevitavelmente encontramos essas duas tendências opostas, mas é o contexto social que fará variar a porcentagem

---

136. N. Luhmann. *La Confiance. Un mécanisme de réduction de la complexité sociale.* Paris: Economica, 2006. (Coleção "Études sociologiques".)
137. G. Moser. *Psychologie environnementale. Les relations homme--environnement.* Bruxelas: De Boeck, 2009, p. 169-175.
138. *Machel Study 10-Year Strategic Review, Children and Conflict in a Changing World,* United Nations Children's Fund (Unicef), 2009, p. 17.

daqueles que gostam da angustiante liberdade e dos que preferem a docilidade.

Todos conhecemos a felicidade necessária da submissão, quando pertencemos a uma mãe, a um lar, a um bairro, a uma religião e a uma cultura. A virada da adolescência também foi necessária para evitar a sensação de proximidade afetiva sufocante e para descobrir um novo prazer de viver. Num contexto de paz, um a cada três jovens tem medo do futuro porque adquiriu fatores de vulnerabilidade demais ou porque a sociedade não lhe oferece instituições que o acolham. Um jovem assim, sem pessoas a seu redor nem projeto, às vezes se deixa seduzir pela ênfase de um discurso totalitário que, com sua encenação extática, suas bandeiras, seus tambores e suas narrativas grandiloquentes, inflamam sua alma errante. Mas depois do êxtase vem a ressaca, como contam aqueles que saem de um regime ditatorial ou escapam de uma relação de dominação. A explicação preguiçosa poderia ser a seguinte: sabendo que alguns homens são capazes de cometer crimes monstruosos, devemos procurar em seus corpos e em suas palavras os estigmas da monstruosidade. Construindo uma representação lógica baseada num postulado indemonstrável, voltamos a dar coerência ao mundo.

Delirar todos juntos

A questão menos preguiçosa seria: como gentis aldeões se deixaram levar a cometer ou deixaram que cometessem o assassinato metódico de milhares de vizinhos? Como grandes intelectuais puderam pensar que era moral exterminar seres humanos por uma ideia indemonstrada? Como bons pais de família puderam matar crianças pensando estar fazendo seu trabalho? Em vez de procurar uma explicação através da teoria do monstro, proponho nos debruçarmos sobre a deriva do banal. "Como isso pôde acontecer?"[139]

Nos anos 1930, havia na Baixa Saxônia uma pequena aldeia chamada Thalburg, que vivia sem maiores problemas. Em outubro de 1929, depois da "quinta-feira negra" da queda da bolsa de Nova York, as eleições deram 2,6% dos votos ao partido nazista. Em 1932, o NSDAP obteve 37,2% dos votos. Quando Hitler chegou ao poder, 43,9% da população votou em seu programa, e em 1939 o "partido nacional-socialista operário alemão" se beneficiou de um maremoto eleitoral que lhe conferiu todos os poderes. Nenhum grande acontecimento, nenhuma bomba ou imigração, apenas uma narrativa semeadora de ódio. Os discursos, para resolver os problemas da cidade, o desemprego crescente e a gestão municipal, eram feitos num estilo cada vez mais febril. No início, as reuniões eram dedicadas às preocupações cotidianas dos artesãos, dos comerciantes, dos funcionários e dos aposentados. As disputas eram normais, mas também era preciso enfrentar um pequeno grupo cada vez mais enfático que preferia abordar as questões abstratas do nacionalismo, da potência insidiosa dos judeus e dos marxistas. Não havia antissemitismo em Thalburg, mas a população, muito religiosa, organizava espetáculos, filmes, loterias e desfiles militares que colocavam em cena uma batalha de ideias

---

139. W. S. Allen. *Une petite ville nazie*. Paris: Tallandier, 2016, p. 11.

contra um inimigo, "o judeu, o socialista, o sem Deus ou, para quem preferisse generalidades imprecisas, 'o sistema', culpado de tudo".[140]

O processo que leva ao poder é clássico. Primeiro, organizam-se desfiles formidáveis onde marchas potentes, cantos ofensivos e uniformes com insígnias, como as três flechas da Frente de Ferro, despertam fortes emoções. Depois, discursos apresentam argumentos que legitimem a indignação, o ódio e a raiva justa. Assim será difícil não passar à ação, brigar e destruir tudo o que represente a sociedade que desejamos derrubar, os monumentos, os bancos das calçadas e até as escolas: "A violência política se tornava uma instituição permanente. [...] Em Thalburg, havia uma pequeníssima população de judeus. Segundo o censo de 1932, ela era composta de 120 pessoas, numa população de dez mil habitantes".[141] Não havia um bairro israelita, mas um pequeníssimo grupo perfeitamente assimilado de comerciantes, professores, músicos e atletas que se sentiam alemães e estavam felizes de sê-lo. Também não havia antissemitismo. Para desencadear o ódio, bastou que o partido nacional-socialista, no jornal *Thalburger*, se indignasse com "a judiaria internacional que disseminava uma propaganda infame contra a Alemanha".[142] Na realidade: nada. Mas na representação dessa realidade inexistente, um discurso bem estruturado por uma retórica clara, afirmativa e por uma encenação comovente, vigorosa e exaltante que provocavam uma justa indignação. Os poucos judeus de

---

140. Ibid., p. 201.
141. Ibid., p. 171, 285-286.
142. Ibid., p. 286.

Thalburg foram boicotados e, em suas relações cotidianas, sentiram que o menor gesto que faziam era interpretado com hostilidade. Para que o ódio dos nazistas se tornasse uma raiva justa, bastava se dizer perseguido pelos judeus e "suas campanhas de ódio e boicote aos produtos alemães".[143] Esses judeus não diziam nada, eles se acreditavam alemães, mas os nazistas, para legitimar seu desejo de violência, diziam agir em legítima defesa. Essa política de pátio escolar ("Não fui eu, professora, foi ele que começou") se revelou eficaz. O processo de inflamação emocional se desencadeara e os alemães antinazistas, argumentando racionalmente para combater o discurso antissemita, disseminavam involuntariamente afirmações sem prova. No início da guerra, os thalburguenses se regozijaram com as vitórias do exército alemão. A ditadura nazista já não precisava de textos escritos para impor sua lei, pois esta era aplicada no cotidiano por milhares de microditadores. As ordens já não eram necessárias, pois a população tinha embarcado numa submissão satisfeita.

Podemos nos tornar prisioneiros de um discurso, portanto, acreditando nele como uma certeza, sentindo no fundo de nós mesmos a emoção provocada pela narrativa em que todos compartilham dos mesmos sentimentos. As palavras já não designam a realidade, e, no entanto, realmente sentimos raiva, desprezo e indignação, que legitimam a passagem ao ato. Esse processo em que nos submetemos a uma representação verbal apartada da realidade poderia se chamar "delírio lógico". Não se trata de uma psicose, é um

---

143. Ibid., p. 287.

delírio normal em que atribuímos tanta importância a um relato que acreditamos nele como se fosse uma Revelação. Então, para acreditar melhor, evitamos qualquer tipo de julgamento que corra o risco de atenuar nossas emoções. Com esse processo mental, nos fazemos cúmplices inconscientes do discurso que nos aprisiona. Será assim que explicaremos o estarrecedor poder das seitas, em que pessoas com estudo e inteligência se submetem a uma narrativa estúpida a ponto de morrer por ela?

Esse problema foi levantado no final do século XIX por dois psiquiatras que se espantaram em constatar a "psicose compartilhada".[144] Duas pessoas expressam um mesmo delírio: "Recebemos ordens através desse lustre... alguém entra aqui à noite para deslocar os objetos... para deixar rastros de pó em cima da mesa da sala de jantar... nossos sapatos são usados à noite, enquanto dormimos"... Essas duas pessoas associam seus relatos para explicar um mistério: "Se nossos sapatos estão gastos, é porque uma entidade invisível os usa para caminhar à noite". Diante dessa explicação a dois, o psiquiatra tem uma escolha: ele pode acreditar na afirmação confirmada pelo duplo testemunho, ou ele pode pensar que um dos dois está delirando e que o outro aderiu a esse delírio. Mas quem está delirando? Se eles descrevem os mesmos fatos com a mesma convicção, quem é o indutor? As duas pessoas vivem em intimidade, estão apegadas uma à outra, são inteligentes e se tornaram infelizes com aquela injusta intrusão. Seria preciso separá-las para descobrir qual delas delira e induz a outra. A aceitação

---

144. C. Lasègue; J. Falret. "La folie à deux ou folie communiquée". *Archives générales de médicine*, nov. 1877, p. 257-297.

do delírio compartilhado não é rara na clínica cotidiana, ela implica que a pessoa influenciada se despersonalizou por um amor excessivo por aquele que delira. É fácil perceber, na relação entre pais e filhos, quando um pai ou uma mãe delirantes despertam o apoio do cônjuge não delirante. Esse delírio aceito por uma pessoa saudável é frequente nos casais apaixonados e nas relações de ascendência em que o delirante dominador comunica suas representações a seus admiradores. Lembro-me de uma jovem muito apaixonada por um jovem paranoico. Seus pais não conheciam o diagnóstico do jovem, mas, sentindo-se pouco à vontade com ele, expressaram seu desconforto à filha. O casal, fugindo, cortou todas as relações que poderiam trazer alguma dúvida e proteção ao parceiro não delirante. O rapaz, tornando--se cada vez mais desconfiado, pediu à companheira para ajudá-lo a localizar as pessoas que queriam matá-lo. A filha, perdidamente apaixonada e querendo proteger o companheiro, aperfeiçoava a arte de identificar falsos olhares, comportamentos estranhos e palavras que queriam dizer mais do que estavam dizendo. O casal fugia, se mudava à noite para escapar de perseguidores invisíveis. Em poucos meses, a jovem equilibrada adquirira a paranoia do companheiro. Ela entrava em pânico quando identificava um sinal perigoso e fazia com ele rituais mágicos para expulsar os agressores invisíveis.

    As negações de gravidez são surpreendentes: uma jovem visivelmente grávida afirma com convicção que não está grávida e sua mãe confirma o que ela diz. Muitos adolescentes, que querem ou são forçados a deixar a família, mas não conseguem conquistar um lugar na sociedade, são tentados a participar de círculos esotéricos. Eles encontram apoio e sentido a seus esforços em reuniões iniciáticas, e se sentem melhor quando aceitam o jugo dos encontros, das palavras a serem repetidas e do dinheiro a ser dado para o guru.

    O sentido que damos às coisas modifica a maneira de percebê-las. Quando a arianização dos bens judeus foi votada em 1941, a população alemã se dividiu em três categorias: 40% dos arianizadores aproveitaram para pegar ou "comprar" a preços incrivelmente baixos os utensílios domésticos do vizinho. Eles entravam em sua casa, pegavam sua cafeteira, deixavam uma quantia irrisória para obter um certificado de arianização e voltam para casa sem a menor vergonha. A representação coletiva era tão clara que aquele que pegava a cafeteira do vizinho estava apenas aplicando a lei.[145] Outros alemães (40%) reabriram empresas judaicas, que então desenvolviam por conta própria. A mãe de Helen Epstein dirigia em Praga um ateliê de alta costura. Quando ela entendeu que seria presa, entregou suas joias a uma funcionária. Depois de quase morrer em Theresienstadt, ela voltou para casa. Sua funcionária vendera as joias para comprar legalmente o ateliê e o imóvel. Ela convidou a ex-proprietária para jantar com a louça que também fora arianizada.[146] Essa situação se adapta ao discurso que legalizou a apropriação dos bens judeus. Nenhum motivo para ter vergonha. Somente 20% dos alemães não se deixaram

---

145. R. Hilberg. *La Destruction des Juifs d'Europe*. Paris: Gallimard, 2006. [Em português: *A destruição dos judeus europeus*. Tradução de Carolina Barcellos *et al*. Barueri: Amarilys, 2016.]
146. H. Epstein. *Le Traumatisme en héritage*. Paris: La Cause des Livres, 2005.

levar a esse bom negócio. Quando eles compraram bens, pagaram por eles os preços que teriam pago a proprietários não judeus.

Esse processo normal de aceitação de uma representação coletiva é necessário para se viver em sociedade, mas pode facilmente derivar para um discurso de submissão. Os que aceitam sem julgamento se deixam despersonalizar. "A seita [...] é uma estrutura dogmática de submissão, fechada em si mesma, dirigida por uma autoridade absoluta... sem contrapoder... na qual o indivíduo perde sua dimensão de pessoa."[147] Quando nos sentimos vulneráveis, facilmente aceitamos enunciados dogmáticos que servem de coluna vertebral intelectual. Os pensamentos giram em torno de algumas próteses verbais, mas, como na psicose compartilhada, os familiares, apegados àquele que recita, se deixam levar para seguir compartilhando de seu afeto.

Bem-aventurada alienação

A criação da seita Néo-Phare é um exemplo do funcionamento de uma família subjugada pelas ideias estranhas de um homem que interpreta à sua própria maneira a numerologia da Cabala. Através de um jogo de letras e números, o guru demonstra "logicamente" ser o Cristo! Ele explica ter previsto os atentados das Torres Gêmeas de Nova York, em

---

147. S. Jougla. "Emprise sectaire et processus résilient" *In*: E. Baccino; P. Bessoles (org.). *Victime-Agresseur, tome 3: Traumatisme et résilience*. Nîmes: Champ Social, 2003, p. 56.

11 de setembro de 2001, e, portanto, se diz capaz de prever o apocalipse para 11 de junho de 2002. Sua explicação é delirante (distante do sulco do lavrador), extravagante (se afasta da onda)[148], mas "seu delírio sistematizado, lógico e coerente, pseudocientífico, convence alguns adeptos de que eles têm a sorte de serem iniciados".[149] O apocalipse não acontece, e o guru, para salvar sua teoria, responsabiliza os adeptos pelo fracasso. Um discípulo se atira embaixo de um carro e no dia seguinte uma adoradora desesperada se atira da janela de um castelo com uma tulipa na mão, símbolo da seita à qual se mantinha fiel.

Quando Hitler, de seu bunker, compreende ter perdido a guerra em 1945, ele responsabiliza o povo por não ter sido corajoso o suficiente para defender sua maravilhosa utopia. A teoria é preservada, delirante, mas preservada. O povo o traiu. Goering é destituído de suas funções, enquanto Goebbels vai ao encontro de seu Führer, em abril de 1945. Esse doutor em filosofia é imediatamente promovido a chanceler do Reich, em 30 de abril de 1945, mesmo dia de seu suicídio.[150] Seus seis filhos brincam dentro do bunker. "Eles corriam e brincavam como se nada estivesse acontecendo."[151] Magda Goebbels reuniu-os e fez com que cada um tomasse uma cápsula de cianeto, antes de se suicidar

---

148. A. Rey. *Dictionnaire de la langue française*. Paris: Le Robert, 2012, p. 980, 1300.
149. S. Jougla. "Emprise sectaire et processus résilient", art. cit., p. 58.
150. G. Bensoussan; J.-M. Dreyfus; E. Husson, Kotek J. (org.). *Dictionnaire de la Shoah*. Paris: Larousse, 2009, p. 256.
151. R. Misch. *J'étais garde du corps d'Hitler*. Paris: Le Cherche Midi, 2006, p. 202. [Em português: *Eu fui guarda-costas de Hitler*. Tradução de Adalgisa Campos da Silva. Rio de Janeiro: Objetiva, 2006.]

com o marido. Quando a pessoa perde sua liberdade interior, ela é reduzida à função de instrumento executor de uma vontade superior.

O pensamento preguiçoso logo encontra uma explicação: "Eles são doentes mentais, por isso se submetem a ideias estúpidas, a ponto de se suicidarem ou matarem os próprios filhos". Poderíamos propor outra explicação? É normal se submeter, é assim que as crianças aprendem a viver e a ter autoestima. Essa ideia paradoxal se baseia em observações experimentais de pesquisas sobre o apego.[152] Uma criança só pode se tornar ela mesma se outro estruturou sua alma: sua mãe, seu pai, sua língua materna, seu bairro, os valores e os estereótipos de sua cultura têm esse poder. A submissão primordial estrutura nossa identidade, mas precisamos nos livrar dela para continuar nosso desenvolvimento pessoal. "A relação com os mecanismos de enfrentamento, defesa ou resiliência [...] são suscetíveis de observação e análise científica."[153] Esse deixar-se submeter não é uma doença mental, mas uma dificuldade de pensar por si mesmo num lar onde o apego não foi seguro (evitante, ambivalente ou confuso), ou porque o contexto cultural não tutoreou o sujeito que, tornando-se errante, pode ser capturado. Quando temos essa vulnerabilidade, aceitamos pensamentos pré-fabricados que servem de prótese. Daniel Zagury disse: "Em minhas várias perícias em processos judiciais de ascendência mental [...], observei

---

152. D. Friard. "Mécanismes de défense". *In*: M. Formarier; L. Jovic (org.). *Les Concepts en sciences infirmières*. Toulouse: ARSI (Association de recherches en soins infirmiers), 2012, p. 213.
153. A. Thapar; D. S. Pine *et al.* (org.). *Rutter's Child and Adolescent Psychiatry*. Nova York: Wiley and Sons, 2018.

uma forte sensação de pertencimento familiar. Mas não constatei nenhuma afecção psiquiátrica, nenhum distúrbio importante".[154] A necessidade de pertencer a um grupo para nos sentirmos nós mesmos e de discutir problemas comuns para estruturarmos nosso próprio mundo mental explica as psicoses compartilhadas. Trata-se de um fenômeno normal, de uma necessidade identitária fragilizada por uma carência relacional ou cultural.

Os ameríndios do México há muito tempo utilizam o sumo de um cacto sem espinhos, o peiote, para desencadear um fenômeno psíquico que eles compartilham com o grupo. Duas ou três horas depois da ingestão, a substância provoca uma euforia, uma espécie de embriaguez com alucinações. O indígena sente que se torna Outro, tem experiências de autoscopia: ele vê a si mesmo como se sua alma flutuasse acima de seu corpo. Esse fenômeno fisiológico é utilizado durante as cerimônias religiosas para criar uma iniciação, enquanto os índios, todos juntos, têm a sensação de viajar para um mundo além da realidade, num impulso para a espiritualidade. No Ocidente, o álcool pode ter essa função iniciática durante copiosas noites festivas, organizadas como um rito de passagem quando nos despedimos do celibato, assinamos um contrato ou nos aposentamos. A intoxicação alcoólica compartilhada cria um sentimento iniciático em que o depois nunca mais será como antes. Esse momento de loucura compartilhada une os companheiros e leva-os a um novo mundo. Assim funcionam as cerimônias de culto, as psicoses compartilhadas e os delírios familiares.

---

154. D. Zagury. *La Barbarie des hommes ordinaires*. Paris: Éditions de l'Observatoire, 2018, p. 87.

Não é raro que uma emoção violenta provoque um efeito extático, colérico ou temeroso numa família, não é necessário ingerir uma substância para provocar um abalo emocional. Um acontecimento ou uma relação que modifiquem a secreção dos neurotransmissores nos fazem ver o mundo de outro jeito. Uma notícia boa nos deixa eufóricos, aumentando a secreção de serotonina, uma declaração de amor aumenta a taxa de ocitocina (hormônio do apego) e uma relação de submissão a uma pessoa influente pode nos colocar em alerta constante, intensificando as substâncias de alarme, como o cortisol e as catecolaminas.

Foi o que aconteceu aos onze membros de uma família bastante equilibrada com uma forte sensação de pertencimento, todos unidos pelo amor a um castelo. Essa família, subjugada por um sujeito paranoico, se deixou prender na propriedade familiar de Monflanquin, aderindo ao delírio desse homem. Ghislaine de Védrines vivia numa família rica, brilhante e conflituosa na região de Bordeaux.[155] Ela dirigia em Paris uma escola de secretariado para moças de boa família. A gestão se tornava difícil e a sra. De Védrines passava por um momento doloroso. Seu pai morrera dois anos antes e sua irmã mais velha, que era como uma segunda mãe, o seguira um ano depois. Seu marido não era muito presente porque estava envolvido na criação de seu próprio jornal. Ela se sentia sozinha, triste, oprimida por milhares de problemas. Foi então que Thierry Tilly, o funcionário que limpava a escola, entrou em seu mundo dando-lhe conselhos simples. "Aos poucos começo a gostar de ouvi-lo,

---

155. G. de Védrines; J. Marchan. *Diabolique. L'effroyable histoire d'une famille. Les reclus de Monflanquin*. Paris: Pocket, 2015.

e mesmo a sonhar que o ouço, pois ele logo se confunde com uma sensação de alívio... Que reconforto saber que um homem como ele está a nosso lado nesse período tão difícil."[156] Ela se sente melhor quando Tilly está a seu lado, ela confia tanto nele que não coloca em dúvida o segredo que ele um dia lhe revela: "Sou um agente secreto da OTAN, encarregado de combater a influência crescente da maçonaria".[157] Pronto! A isca é mordida por aquela mulher em geral lúcida e corajosa que, num momento de vulnerabilidade, precisou de um porto seguro. Aquele homem mitômano e complotista a tranquiliza e despersonaliza, estabelecendo com ela uma relação de dominação. Ela aceita tudo que vem dele, acredita que ele a protege com suas equipes invisíveis e que, para se salvar, ela só precisa fazer o que ele diz: vender o castelo, os bens imóveis e transferir o dinheiro para uma conta na Inglaterra à qual os maçons e os judeus não têm acesso. Pronto, o processo é desencadeado! Depois que acreditamos na primeira frase delirante sem questioná-la, a série de afirmações que se seguem é facilmente aceita. Como na psicose compartilhada, em que a mente saudável é puxada para o delírio do outro, como na negação da gravidez, em que a mãe da jovem grávida afirma contra todas as evidências que sua filha não está grávida, como na síndrome de Estocolmo, em que a pessoa aprisionada e terrivelmente ansiosa adere às ideias de seu algoz assim que ele estabelece com ela uma relação segura. O processo é o mesmo numa sociedade em dificuldade, quando um Salvador lhe promete o que ela precisa: ordem, felicidade e paz. Uma relação de

---

156. Ibid., p. 13-14.
157. Ibid., p. 35.

dominação se instala facilmente quando um influenciador acalma um apego ansioso: "Sonho que o ouço... ele me dá uma sensação de alívio", dizia Ghislaine. Cedemos ao canto das sereias enquanto tudo desaba a nosso redor, abrimos mão da liberdade por uma promessa de felicidade: "Obedeçam", dizia Hitler ao povo alemão humilhado, "e eu lhes darei mil anos de felicidade". Então o povo obedeceu. Ele acreditou na ilusão que prometia aquilo que ele sonhava: superar a ruína, construir uma nova sociedade. Aquele povo instruído engoliu a isca de tanto que precisava de uma narrativa grandiosa para reparar sua humilhação. *Mein Kampf* desempenhou esse papel. Doze milhões de alemães compraram o livro, folhearam algumas páginas e deixaram o volume em evidência sobre a mesa de casa para mostrar seu pertencimento. "Você também leu *Mein Kampf*, compartilhamos a mesma visão de mundo. O autor desse livro, nosso salvador, diz o que devemos fazer para recuperar a esperança. Ele sabe de onde vem o mal e guia nossa conduta. Está escrito." Os raros alemães que leram o livro ficaram estupefatos. O texto incoerente descreve uma realidade imaginária, uma mentira que não relata nada de real, mas que traz alegria ao desesperado: "Eu me sentia péssimo, todo mundo me desprezava. Mas desde que digo... que sou médico na OMS... que tenho origens grandiosas... que pertenço à raça superior... que meu representante, meu líder adorado, meu Führer, me diz o que devo fazer, como devo me vestir, marchar, pegar as armas, para recuperar o lugar que mereço... tenho uma sensação de felicidade".[158]

---

158. E. Carrère. *L'Adversaire.* Paris: POL, 1999. [Em português: *O adversário.* Tradução de Marcos de Castro. Rio de Janeiro: Record, 2007.]

Essa crença é uma ilusão, pois o relato não designa nada real. As origens arianas dos povos germânicos nunca foram encontradas e nenhum exame biológico confirmou a qualidade superior dos loiros. Mas o discurso do Salvador produzia tanta euforia num momento de grande desespero, tanto alívio, que os crentes fechavam os olhos e só queriam acreditar. O amor pela natureza, o romantismo, a beleza dos super-homens loiros, a fé em dias melhores, a guerra contra o Mal, contra os Judeus, os Eslavos, os doentes mentais e os infiéis produziam um imaginário maravilhoso: "Nenhum outro movimento [...] suscitou nos jovens tamanho entusiasmo".[159] Essas ideias não representavam nada do mundo real, mas isso não tinha a menor importância, pois só contava o sentimento de felicidade que surgia em pleno marasmo. Quando precisamos nos submeter a uma influência benéfica, podemos acreditar em qualquer coisa, mas então precisamos odiar aqueles que contestam essa crença, pois eles rompem as defesas e impedem a felicidade.

Ghislaine se sentia tão protegida por Tilly que quando Jean, seu marido, quis abrir seus olhos, ela odiou aquele que antes amava. Ela preferiu acreditar em seu protetor, que lhe revelara que seus serviços secretos tinham descoberto que Jean contratara assassinos asiáticos para matar seus filhos.[160] A partir daquele momento, a família se dividiu em dois lados irredutíveis. Os onze reclusos de Monflanquin, surpreendentemente submissos a uma narrativa fora da realidade que

---

159. G. L. Mosse. *Les Racines intellectuelles du Troisième Reich*. Paris: Mémorial de la Shoah/Calmann-Lévy, 2006, p. 201.
160. G. de Védrines; J. Marchand. *Diabolique. L'effroyable histoire d'une famille*, op. cit., p. 247.

se apoderara deles, eram compostos por um médico, alguns estudantes, uma avó culta e uma mulher empreendedora, que se isolaram para se proteger melhor: "Não temos mais amigos, só conhecemos inimigos".[161] A outra parte da família ficou horrorizada com a reclusão e ruína total, tentou ajudar os reclusos mas despertou sua agressividade. Jean, o marido, jornalista conhecido, alertara a imprensa, que fez grandes investigações. O jornal *Sud-Ouest* publicou "uma página inteira com a manchete 'Isolamento misterioso no castelo de Martel'".[162] Os reclusos processaram o jornal por invasão de privacidade e o jornal foi condenado a pagar 23 mil euros. A quantia foi parar em Londres, no banco amigo que não aceitava maçons e judeus. Os reclusos, triunfantes, aumentavam a sujeição a Tilly, o Salvador.

Pergunto-me por que alguns membros dessa família participaram de sua própria alienação, enquanto outros se opunham a ela. Um ser humano está alienado, no sentido marxista do termo, "quando [...] ele é desviado de sua consciência por condições econômicas".[163] Na maioria das vezes, trata-se de um homem ou uma mulher que, não possuindo nenhum meio de produção, aliena sua liberdade para sobreviver, deixando-se reduzir à escravidão, como na Roma Antiga[164], como o proletário na época industrial ou

---

161. Ibid., p. 301.
162. Ibid., p. 276.
163. A. Rey. "Aliénation". *Dictionnaire de la langue française*. Paris: Le Robert, 2012, p. 78.
164. P. Ariès; G. Duby (org.). *Histoire de la vie privée, tome I: De l'Empire romain à l'an mil*. Paris: Seuil, 1985, p. 61-79. [Em português: *História da vida privada. V. 1: do Império Romano ao ano mil*. São Paulo: Companhia das Letras, 1990.]

a prostituta em todas as épocas. Na relação de dominação, o Outro se apodera da alma do alienado. Despossuído de sua consciência, ele se deixa possuir pela consciência do outro, a quem atribui superioridade. Nos reclusos de Monflanquin, uma parte da família se deixou possuir, enquanto outra resistiu. Por que essa diferença? Podemos cogitar a hipótese de que os possuídos tivessem uma vulnerabilidade estrutural adquirida ao longo de seu desenvolvimento ou durante um período difícil de suas vidas. Os resistentes, por outro lado, tinham conseguido construir uma consciência de si, uma assertividade que lhes deu força para continuar sendo eles mesmos, bem estruturados, capazes de não se deixar possuir. Na família de Védrines, rica e culta, havia fatores de vulnerabilidade econômica (gestão da escola) e pessoal (desenvolvimento ansioso). Essa fragilidade pode ser encontrada em todos os níveis da sociedade, mas sua probabilidade é maior quando as condições socioculturais são adversas.

Do Império Romano até o ano 1000 no Ocidente, ninguém contestava a escravidão. Era assim que se fabricava a sociedade. A socialização arcaica se realizava graças à dominação. É preciso experienciar uma paz interior e viver numa sociedade organizada para ter dias felizes sem precisar de dominação. A moral dessa época consistia em ser "bom senhor" ou "bom escravo". Mesmo a cristandade, que permitiu o progresso desqualificando a violência, oferecendo a outra face, dando às mulheres a dignidade de Maria, não contestou a escravidão e, mais tarde, participou das guerras de religião e de colonização. Em Roma, um homem sem família e sem casa se oferecia como escravo e se deixava dominar para não morrer sozinho na rua. Ressocializando-se, ele se colocava em situação de dependência infantil. Seu senhor podia espancá-lo, e quando uma burguesa era proprietária de uma serva, ela não hesitava em mordê-la quando não ficava satisfeita com seu trabalho.[165] Quando um grupo humano é infantilizado, a menor rebelião causa o efeito de um parricídio. A punição de um mau filho ou de um escravo revoltado era moralmente justificada.

Onipotência do conformismo

Nos dias de hoje, quando um povo é infantilizado, ele interioriza a lei do mais forte e lhe atribui um valor moral. Em 1943, Hélène Berr prepara seu exame de *agrégation* em inglês na Sorbonne. Para descansar, ela se senta numa praça pública perto da Notre Dame. Na mesma hora, uma vizinha telefona para o comissariado para denunciar sua transgressão, pois Hélène tem a estrela de David costurada ao peito. Quando a polícia chega para prender a delinquente, a vizinha, em sua justa indignação, exclama: "Os judeus se permitem tudo!".[166] Quando nos submetemos à doxa das frases estereotipadas e as aceitamos sem julgamento, nos aproximamos da moral do bom senhor que bate no escravo, da raiva da burguesa que morde a criada e da vizinha indignada que chama a polícia porque uma estudante judia ousou se sentar numa

---
165. Ibid., p. 61-79.
166. H. Berr. *Journal suivi de Une vie confisquée*. Prefácio de Patrick Modiano. Paris: Tallandier, 2007 (prêmio Corrin, História da Shoah, 2015).

praça pública. Pensar por si mesmo é um grau de liberdade interior. No século XXI, porém, quando a escravidão teoricamente desapareceu, quando as pessoas não mordem tanto suas faxineiras, quando um judeu pode se sentar numa praça pública, a memória coletiva não carrega mais em suas narrativas a representação de uma hierarquia em que uma pessoa tem o poder de se impor à outra.

A noção de "pensar por si mesmo", que possibilita o acesso a um grau de liberdade, sem dúvida é ilusória, pois a neurociência e a clínica demonstram que uma criança sozinha, sem alteridade, não pode pensar. Uma influência dominadora é necessária. É graças a ela que uma criança é tutoreada na direção da aquisição de um temperamento, do aprendizado da língua materna, do respeito aos rituais que socializam. É preciso algo para que essa influência seja personalizante. As crianças hiperativas têm déficit de atenção, aprendem mal e se socializam mal. Quando elas não recebem a marca de seu meio porque a mãe morreu, a família está dilacerada ou o país em catástrofe econômica, as crianças errantes, anômicas, indeterminadas, ficam submetidas a suas pulsões, que elas nunca aprendem a controlar. Mas, em sentido contrário, quando a influência do outro é despersonalizante porque se apodera do mundo íntimo, porque o pai é um tirano doméstico ou porque a sociedade totalitária impede qualquer julgamento, alguns sentem essa submissão como uma certeza moral e têm orgulho de se submeter. Os que recusam a lei imposta por um líder têm uma escolha trágica: eles podem se adaptar apagando sua vida psíquica, eles podem fugir ou tomar em armas.

O Outro em mim é necessário quando ele permite que eu me apegue, fale a língua compartilhada, construa um mundo de narrativas e o habite com aqueles que se parecem comigo. Mas quando o Outro me expulsa de mim mesmo, ele me possui como se eu fosse seu escravo. O conformismo provavelmente permite a regulação entre esses desenvolvimentos necessários e opostos. Sem o Outro, torno-me ninguém, como vemos nos abandonos de crianças e nos isolamentos sensoriais. Mas quando o Outro me possui, não posso me tornar eu mesmo, continuar meu próprio desenvolvimento. O Outro em mim permite o apego, a língua materna, a autoidentidade e a identidade do grupo, as opiniões e as crenças compartilhadas que agregam os indivíduos. Mas quando o Outro em mim se apodera de meu mundo íntimo, sou possuído, torno-me ninguém.

O ajuste entre essas duas necessidades contrárias se dá como uma transação. Quanto o Outro é paranoico, ele acredita que aquilo que ele pensa é a única verdade e fica indignado que os demais não se submetam a ela, ele considera moralmente correto que a polícia imponha seu pensamento. Quando o Outro é mitômano, ele inventa um mundo de histórias facilmente introduzidas na alma do povo, pois elas dizem o que este quer ouvir. Mas quando o Outro é ao mesmo tempo paranoico e mitômano, você vota nele! Difícil pensar por si mesmo quando precisamos da influência dos outros para nos tornarmos nós mesmos, e quando depois precisamos nos diferenciar para continuar o desenvolvimento de nossa personalidade. Até que ponto precisamos aceitar a influência dos outros? "[...] um ajuntamento de indivíduos [...] decidiu calar sua individualidade para criar uma entidade chamada 'grupo' [...] uma identidade coletiva é definida por características comuns [...] O indivíduo se deixa influenciar, se molda ao grupo pois este é atraente."[167] Haveria indivíduos ávidos de se deixar influenciar, devido a um desenvolvimento frágil ou um momento difícil? Mesmo os indivíduos bem personalizados se deixam influenciar, atraídos por um grupo cuja imagem lhes convém, o que explica seu conformismo voluntário.

O grupo dos bombeiros tem uma forte identidade e boa aparência. Os homens costumam ser altos e fortes, têm cintura fina, peitorais largos e rosto de aventureiro simpático. As mulheres que participam do grupo também têm uma boa aparência de coragem e generosidade. Como uma coletividade poderia não heroicizar esses homens e essas mulheres? Como uma criança não teria vontade de se parecer com eles? Quando um grupo humano precisa de heróis, é porque eles está em dificuldade e espera que um salvador venha protegê-lo. A missão dos bombeiros é intervir cada vez menos em incêndios e cada vez mais em acidentes civilizatórios. O sentimento de pertencer a um grupo admirado dá sentido a seus esforços e facilita seu conformismo, esse processo de influência desejada seleciona as percepções, organiza as crenças e orienta as condutas a fim de conformar os indivíduos ao grupo admirado.[168] Esse conformismo tem um efeito fortificante: "Faço tudo certo...

---

167. N. Crombez-Bequet. *Approche éthologique du conformisme et de la dissonance cognitive au sein des sapeurs-pompiers. Étude des liens entre le conformisme, l'attachement et l'estime de soi.* Trabalho de conclusão de curso, diploma universitário "Attachement et systèmes familiaux". Universidade de Toulon, setembro de 2021.

168. E. Maurin. *La Fabrique du conformisme.* Paris: Seuil, 2015.

se conseguir me tornar como eles, serei amado e admirado". Quando os filhos de professores queriam se tornar professores, quando os filhos de camponeses admiravam a experiência de seus pais, quando algumas famílias geravam linhagens de soldados que sonhavam em defender a França, esse processo de identificação construía bem-estar, orgulho, mas também uma norma nem sempre justificada: "A identificação com um objeto idealizado contribui para a formação e o enriquecimento [...] da pessoa".[169] O sonho de se tornar um bombeiro admirado é como uma estrela-guia indicando o caminho. A partir do momento que temos um projeto e um ideal, selecionamos as informações que permitem a realização desse projeto, compartilhamos as crenças do grupo que nos torna seguros e fortes, e nos dedicamos a nos comportar como aqueles que admiramos. O conformismo se torna uma força de integração. A submissão é desejada, damos poder àquele que nos conduz para nosso grande bem.

Para que esse processo continue até a maturidade, é preciso que a pessoa se torne capaz de se desprender da submissão. "É preciso pegar pela mão para conduzir à emancipação", disse-me um dia Jean-Pierre Pourtois. O acesso à autonomia não se dá quando o sujeito adquiriu uma vulnerabilidade de desenvolvimento. Ele sempre precisa de um guia para lhe dar a mão. Às vezes uma fragilidade momentânea atribui uma importância imerecida a um pai, a um sacerdote ou a um governo. A carência com frequência vem da organização social que cuida mal da primeira infância, o que prepara para a incivilidade, para a delinquência e

---

169. J. Laplanche; J.-B. Pontalis. *Vocabulaire de la psychanalyse*. Paris: PUF: 1973, p. 186.

para a depressão, que custam ao Estado infinitamente mais caro do que o investimento nos primeiros anos de vida. Quando uma criança é expulsa de sua família disfuncional, expulsa da escola onde ela não aprendia nada, expulsa da adolescência onde ela não tinha acesso à cultura, expulsa do exército que não a quis, expulsa da sociedade onde ela não sabia fazer nada, o jovem se vê de repente imantado por um jihadista que lhe dá autoconfiança e um sentido para sua vida, enviando-o para assassinar crianças numa escola judia e muçulmanos que traíram o Islã ao se alistarem no exército francês. Estes são os breves meses de alegria que os jihadistas vivem antes de, sorridentes, cometerem seus crimes. Um homem que afirma ter entendido tudo e deseja impor sua verdade sempre encontrará algumas almas feridas que se deixarão influenciar por um soberano seguro de si, impermeável a contestações de todo tipo e que, afirmando salvá-los, subjugará os que acreditam nele.

Imitar é estar com

Dizia-se que, desde os primeiros anos, a imitação era uma reação banal de cópia do comportamento dos outros. Hoje há mais nuanças nessa afirmação, diz-se que a imitação é mais que uma cópia, ela é um meio de comunicação que estabelece uma relação.[170] Quando uma criança imita outra, ela expressa através desse comportamento o desejo de habitar o mesmo

---

170. J. Nadel. *Imitation et communication entre jeunes enfants*. Paris: PUF, 1986.

mundo que o companheiro imitado. Na creche, quando um pequeno bate na comida para esparramar tudo, é raro ele não ser imitado por outras crianças que, com essa brincadeira, dizem: "Estou com você, pois estamos esparramando a comida juntos". Trata-se de uma sincronização das emoções e dos mundos mentais, importante para as crianças, apesar da opinião divergente das mães que se sujaram ao redor.

A primeira imitação surge nos recém-nascidos de duas semanas, que não podem não imitar as mímicas faciais da figura de apego. Quando um adulto familiar coloca a língua para fora, o bebê responde colocando a língua para fora... franzindo o cenho... abrindo a boca... fazendo uma careta, como o adulto.[171] Essa performance perceptiva e motora revela como, desde as primeiras semanas de vida, o ser humano é tão sensível ao que vem dos outros que lhe é difícil não responder a eles, ele sincroniza seu mundo com o de seus próximos. Mais tarde, por volta dos 18-24 meses, a imitação consegue ser adiada. O que prova que o bebê pode responder ao que viu e guardou em sua memória. Ao imitar o comportamento passado de uma figura de apego, a criança responde a um estímulo que não está mais no contexto, ela se torna capaz de simbolizar, ela pode repetir aquilo que o outro, no passado, implantou em seu mundo mental. A criança pode manifestar ecopraxias (repetição de gestos) e ecolalias (repetição de sons), mesmo quando o adulto não está mais no contexto. A criança começa a se autonomizar porque em sua memória ela recebeu a marca do adulto. Para se tornar ela mesma, a criança precisa ter

---

171. A. N. Meltzoff; M. K. Moore. "Imitation of facial and manual gestures by human neonates". *Science*, 1977, 198 (4312), p. 74-78.

sido impregnada pelo outro; para levar alguém à emancipação, é preciso lhe estender a mão; para pensar por si mesmo é preciso ter estado com os outros. Isso explica por que as crianças não guiadas têm dificuldade de se emancipar, elas divagam e se sentem melhor quando sob o domínio do outro. A repetição das palavras do outro é necessária para aprender a língua materna. A recitação adquire então "uma função de segurança, autoestimulação, autoerotismo".[172] É o que acontece quando uma pessoa desorientada se orienta ao aderir às palavras de uma figura de segurança, como acontece nas escolas, nas orações dos crentes, nos slogans políticos, em toda a relação em que um sujeito incerto busca um tutor tranquilizador.

A imitação se torna intencional desde os primeiros encontros. As tomadas de palavra ocorrem quando a prosódia, a música das palavras, indica que o locutor se prepara para ceder a palavra.[173] Essa performance intelectual precisa que a criança tenha acesso ao que chamamos de "teoria da mente", quando ela se torna capaz de representar em si mesma as representações do outro: se eu falar mais devagar, baixar o tom de voz e articular melhor, o outro vai entender que me preparo para ceder a palavra. Se, aos catorze meses, eu aponto

---

172. G. Edelbaum. "Écholalie". *In*: D. Houzel; M. Emmanuelli; F. Moggio (org.). *Dictionnaire psychopathologique de l'enfant et de l'adolescent*. Paris: PUF, 2000, p. 283. [Em português: *Dicionário de psicopatologia da criança e do adolescente*. Forte da Casa (Portugal): Climepsi, 2004.]
173. A. N. Meltzoff; A. Gopnik. "The role of imitation in understanding persons and developing a theory of mind". *In*: S. Baron-Cohen; H. Tager-Flusberg; D. J. Cohen (org.). *Understanding Other Minds*. Oxford: Oxford University Press, 1993, p. 335-366.

o dedo para designar um objeto distante, vou agir sobre seu mundo mental[174], vou dirigi-lo e nós viveremos juntos.

Essa capacidade de se descentrar de si mesmo para intuir o mundo mental do outro e agir sobre ele por meio de gestos e palavras nos permite aprender uma mesma língua e harmonizar nossos mundos mentais. O que significa que é necessário sofrer a influência dos outros para nosso desenvolvimento. Não podemos ser apenas por nós mesmos, então como pensar por nós mesmos?

Observou-se que a simples presença do outro modifica nosso mundo mental e até nossa maneira de ver o mundo e avaliá-lo.[175] Um observador pede que uma pessoa avalie o comprimento de retas desenhadas em duas folhas. Numa delas, ele desenha uma única reta e, na outra, ele desenha três, de comprimentos diferentes. O observado deve indicar entre aquelas retas a que mais se aproxima do comprimento da reta única. O observado facilmente encontra a reta com o mesmo comprimento. Mas quando o observador faz duas pessoas participarem do experimento e elas indicam uma reta de comprimento diferente, o observado se deixa influenciar e, para concordar com seus vizinhos, ele escolhe como eles a reta que não tem o mesmo comprimento.

Em outro experimento, menos preciso mas mais ilustrativo, Asch pede a uma pessoa observada que se sente

---

174. A. Robichez-Dispa; B. Cyrulnik. "Observation éthologique du geste de pointer du doigt chez des enfants normaux et des enfants psychotiques". *Neuropsychiatrie de l'enfance et de l'adolescence*, mai.--jun. 1992, 40 (5-6), p. 292-299.
175. J. E. Asch. "Effects of group pressure upon the modification and distortion of judgments". *In*: H. Guetzkow (org.). *Groups, Leadership and Men*. Pittsburgh: Carnegie Press, 1951, p. 177-190.

numa sala de espera. A pessoa está sozinha e, de repente, uma fumaça preta começa a sair de um duto de ventilação. O observado rapidamente se levanta e tenta avisar alguém. Quando três pessoas entram e se sentam na sala de espera sem manifestar preocupação, a fumaça que sai do duto continua a mesma, mas o observado não tenta mais avisar alguém do incidente preocupante.

Há algumas décadas os neurologistas explicam essa espantosa imitação emocional e comportamental com a descoberta dos neurônios-espelho.[176] O simples fato de ver alguém fazer um gesto interessante prepara nosso cérebro para fazer o mesmo gesto. Quando estamos com fome e vemos uma pessoa estendendo a mão para um sanduíche, os neurônios que estimulam os músculos de nosso braço direito liberam energia, enviando impulsos para essa região do corpo. O simples fato de ver prepara para fazer a mesma coisa. A sincronização dos atos motores provoca a sincronização das emoções. Ver alguém dançar dá vontade de dançar e ver alguém vomitar dá vontade de vomitar. Neurocientistas brasileiros observaram em exames de imagem o cérebro de pessoas que assistiam a um filme nojento em que um homem sujo e brutal come de maneira repugnante. Suas mímicas faciais expressavam sua repulsa e a ressonância magnética mostrava que seu cérebro liberava bastante calor na zona da ínsula, no córtex cingulado anterior, no córtex orbitofrontal e principalmente na amígdala rinencefálica[177],

---

176. G. Rizzolatti; C. Sinigaglia. *Les Neurones Miroirs*. Paris: Odile Jacob, 2008.
177. L. Fontenelle; R. Oliviera-Souza; J. Moll. "The rise of moral emotion in neuropsychiatry". *Dialogue in Clinical Neurosciences*, 2015, 17 (4), p. 413.

revelando assim que o sujeito sentia um grande nojo. Nessa observação experimental, o estímulo de um circuito de neurônios foi provocado pela simples visão de uma imagem.

O poder dos neurônios-espelho de nos fazer esboçar os mesmos gestos e sentir as mesmas emoções de nosso vizinho indutor explica como um psiquismo pode governar outro psiquismo por sedução, sugestão, ascendência, dominação ou produção artística. É assim que funcionam os neurônios-espelho quando vamos ao teatro: pagamos, nos sentamos num espaço decorado de maneira a criar uma expectativa. Antes mesmo dos atores subirem no palco, entramos na disposição mental que faz com que nossos neurônios-espelho acolham os artistas. Às vezes as circunstâncias da vida, os sofrimentos e as preocupações nos tornam vulneráveis e oferecem nossos neurônios-espelho àqueles que souberem despertá-los. Os atores talentosos, os oradores, que com seus gestos e palavras sabem estimular esses neurônios e às vezes inflamá-los, podem levar os espectadores a uma indignação ou raiva da qual eles terão sido cúmplices, pois terão ido ao evento teatral ou político com o desejo de ser inflamados. Assim foram criados deliciosos êxtases artísticos, virtuosas indignações e ódios clânicos. Preferimos as emoções suportáveis, como quando nos deixamos seduzir por mulheres e homens bonitos a fim de sentir uma leve perturbação sexual, como um beijo de cinema. Mas quando somos vulneráveis, essa leve perturbação fisiológica adquire uma importância desmesurada e nós nos deixamos capturar.

    Se pudéssemos suprimir o sofrimento da condição humana, fecharíamos as livrarias e arruinaríamos os teatros.

Seria assim que explicaríamos a força do conformismo – tentamos concordar e combinar com os desconhecidos que participam do grupo ao qual desejamos pertencer?

Seguimos os profetas quando eles falam de nossos temores e de nossas esperanças. Nenhum outro discurso desperta interesse, a banalidade das palavras não tem efeito de oráculo, é preciso um pouco de ênfase para se apoderar de uma alma.[178] Quando uma pessoa não pôde adquirir autoconfiança ao longo de seu desenvolvimento ou a perdeu durante alguma provação da vida, o conformismo serve de prótese. Confiamos, seguimos os outros para nos sentirmos amparados, evitamos verificar por medo de duvidar, de pensar por nós mesmos, fora do grupo, só queremos acreditar e nos sentir apaziguados. Outras pessoas, ao contrário, adquiriram uma boa autoestima e uma má estima dos outros, elas não precisam agradar nem se conformar, pois estão convencidas de ter razão: "Penso assim, então é verdade porque eu penso assim. Não tenho nenhum motivo para duvidar e fico indignado que não pensem como eu, pois tenho razão". Conheci um homem que, depois de uma vida de aventuras comandadas por seu engajamento militar, ficou abalado ao ir para a reserva. Ele não sabia o que fazer ou para onde ir, até que conheceu Gurdjieff – homem que expressava uma personalidade forte porque, nunca tendo sido influenciado por outro, não tinha nenhuma concessão a fazer: "Sou aspirado por meus pensamentos, por minhas lembranças, meus desejos, minhas sensações... pelo bife que

---

178. J.-P. Vernant. *Œuvres. Religions, rationalités, politique.* Paris: Seuil, 2007.

como, o cigarro que fumo, o amor que faço...".[179] A confiança que Gurdjieff tinha em si mesmo e a assertividade de suas reflexões imantavam meu amigo, que se sentia reconfortado a seu lado. O público gostava de ficar fascinado com aquele pensador original que, incapaz de sair de si mesmo, via qualquer pergunta como uma agressão. No dia em que meu amigo ousou uma pequena dúvida, Gurdjieff ficou imóvel, furioso, e exclamou: "Você... merdidade absoluta!". Foi o fim daquela amizade, pois a expressão do mestre deixou de causar uma boa impressão no discípulo, ele não podia mais comandá-lo. A expulsão do grupo dos crentes, devolvendo-lhe a liberdade de pensar, o devolvia à incerteza. Obrigado a sair, ele sentiu falta de seu mestre, de sua firme autoridade, e começou a ficar deprimido.

O simples fato de viver num grupo permite aprender, sem saber que se aprende. Não é necessário utilizar palavras para transmitir um saber. Uma atitude paraverbal orienta a atenção. Uma imagem, um silêncio, uma música, um tremor na voz podem iluminar um não dito. Quando vivemos num grupo seguro e estimulante, quando um sinal paraverbal atrai a atenção para um fenômeno, o aprendizado pode ocorrer sem nenhuma palavra.

Em uma clínica neurológica, um pequeno acidente vascular parietal inferior direito provoca uma negligência das informações vindas do lado esquerdo. O doente, assim alterado, percebe os objetos situados em seu lado esquerdo, mas não sabe que os viu. Ele evita os obstáculos colocados à sua esquerda e afirma que não havia nenhum. O neurologista

---

179. G. I. Gurdjieff. *La vie n'est réelle que lorsque "Je suis"*. Mônaco: Éditions du Rocher, 2010. [Em português: *A vida só é real quando "Eu sou"*. São Paulo: Horus, 2000.]

desenha o quadrante de um relógio e pede para o paciente copiá-lo: ele só reproduz a parte direita e deixa de fora tudo o que fica à esquerda. Ele só barbeia a metade direita do rosto, cujo reflexo estava à sua direita no espelho, e deixa a barba do lado esquerdo. Quando lhe pedem para ler o verso "Os soluços graves dos violinos suaves", ele diz: "violinos suaves" e afirma ter lido tudo. Então o convidam para fazer um quebra-cabeças com um balão e um buquê de flores. Ele leva vinte minutos para montar a parte direita do balão e das flores, ignorando as flores e a metade do balão à esquerda. Uma semana depois, ele leva apenas dez minutos para montar o mesmo quebra-cabeça, que guardou na memória do primeiro exercício. Então o quebra-cabeça é invertido de maneira a deixar à direita a metade do balão e as flores que ficavam à esquerda. O paciente leva apenas quatro minutos para montar o quebra-cabeça que diz nunca ter visto. Se nunca o tivesse visto, deveria ter levado vinte minutos. Esse pequeno teste prova que o paciente percebeu as formas e as combinações de cores em seu espaço à esquerda sem tomar consciência deles.[180]

Epidemias e nuvens de crenças

É assim que poderíamos explicar as nuvens de crenças que se disseminam nas famílias, nas cidades e nas regiões como

---

180. F. Botez; T. Botez-Marquard (org.). *Neuropsychologie clinique et neurologie du comportement.* Montréal: Presses universitaires de Montréal, 1987, p. 142, 143, 150.

focos de vírus?[181] Como em todas as epidemias, alguns membros do grupo escapam aos circuitos de contágio e não compartilham dessas crenças. A névoa se espalha como uma comunicação cognitiva porque a proximidade espacial e afetiva facilita o contágio de ideias entre pessoas que vivem num meio em que a proximidade de gestos, mímicas e racionalizações estrutura a transmissão das emoções.[182]

Quando uma tragédia nos oprime, não conseguimos deixar de buscar uma explicação que nos faça acreditar que podemos controlá-la. Desde o Neolítico (−12.000 anos), construímos estábulos onde encerramos os animais dóceis para comê-los ou fazê-los trabalhar. Nós nos sedentarizamos e acumulamos reservas de alimentos que constituem um país da Cocanha para ratos, pulgas e piolhos, que veiculam bacilos. Foi assim que se espalharam as pestes justiniana, ateniense, bubônica e negra, documentadas por arquivistas, pintores, filósofos, médicos e sacerdotes. A cada epidemia, encontrava-se para ela uma explicação dentro do contexto social dos conhecimentos que se tinha à época. Via-se que as pessoas morriam com bubões ganglionares vermelhos e doloridos, infecções pulmonares e diarreias mortais, mas as causas opunham os que acreditavam no céu e os que acreditavam na Terra. Os astrônomos forneciam uma parte importante dos relatos culturais. Uma tapeçaria de Bayeux (século XII) ilustra como o surgimento inesperado de um cometa anunciava a epidemia de peste negra de 1348, que

---

181. Depois da pandemia de 2020-2021, fala-se sobretudo em "clusters" de vírus.
182. M. Delage. *La Vie des émotions et de l'attachement dans la famille*. Paris: Odile Jacob, 2013.

em dois ou três anos matou um a cada dois europeus. Em 1350, a faculdade de medicina havia descoberto que "a causa distante e original dessa peste foi e ainda é alguma constelação celeste".[183] Jean de Venette, carmelita da ordem mendicante, afirma que "vimos acima de Paris [...] uma estrela muito grande e muito brilhante [...], um astro formado de exalações e que logo se desvanece em vapores [...]".[184] Boccaccio, no *Decameron* (1370), nos fornece preciosas informações ao contar que a peste foi enviada aos homens pela "justa ira de Deus para punição de suas faltas". A reação habitual consiste em punir o culpado, o que ele faz com talento. Os flagelantes, de torso nu, perambulavam pelas ruas fustigando as próprias costas com chicotes de pregos para expiar o crime de não ter acreditado suficientemente em Deus. Algumas ordens religiosas preferiam o cilício, faixa grosseira e áspera utilizada para mortificar o corpo e provocar o alívio de ter expiado um erro imaginário. Durante as guerras daquela época, os soldados entravam nas fazendas para pilhar, comer e violar, quando a ocasião se apresentava. Os saques só cessavam quando a epidemia matava um grande número de soldados. Nesse ambiente de destruição do mundo, não faltavam argumentos aos milenaristas que anunciavam o fim de tudo.

Os que acreditavam na origem terrestre da epidemia afirmavam ter visto um judeu derramando um certo pó dentro de um poço, logo antes do início das primeiras mortes. Em Toulouse, no ano de 1348, foram erguidas imensas fogueiras, onde

---

183. F. de Lannoy. *Pestes et épidémies au Moyen Âge (VIe-XVe siècle)*. Rennes: Éditions Ouest-France, 2018, p. 13.
184. Ibid., p. 13-14.

judeus mortos a estocadas ou ainda vivos foram atirados, sob os olhares "dos burgueses e da cidade".[185] Apesar dessa medida, a epidemia se espalhou e, em 1349, em Ulm, na Alemanha, as mesmas fogueiras foram erguidas sem maiores resultados. Responsáveis pela prática bancária, os judeus geriam o dinheiro da nobreza e do clero. O papa Clemente VI correu para socorrê-los, pois o povo os odiava. Quando se tornou difícil encontrar judeus para queimar, algumas mulheres foram acusadas de feitiçaria. O clero, dizimado pela peste, não conseguiu impedir a epidemia de crenças mortíferas, legitimadas pelo conhecido fenômeno do bode expiatório.

Enquanto isso, os jovens festejavam. Eles se alimentavam de carnes nobres roubadas dos senhores, esvaziavam suas adegas, corriam de uma taberna à outra para ouvir música, brincar, cantar, rir e se divertir.[186] Alguns médicos tinham entendido que o contágio ocorria "pela palavra" ou pelo compartilhamento de uma refeição com os doentes. Mas eles não foram ouvidos, porque é mais fácil e mais grandioso acreditar que a tragédia se deve à aparição de um astro no céu, a uma punição divina ou a um complô judeu. O pensamento preguiçoso sempre sai vitorioso.

Deixar-se levar a um crime de massa

Quando uma criança começa sua aventura humana, a banalidade não existe. O jogo do "Cadê? Achou!" é um

---

185. Ibid., p. 76.
186. Ibid., p. 73-74, 76-78.

fato extraordinário. Papai esconde o rosto atrás de um guardanapo e aparece de repente, gritando "achou". É um milagre: ele está aqui, ele não está mais, ele está de novo. Nada poderia explicar esse prodígio. Uma explicação austera poderia inclusive acabar com a magia. Não há nada mais bonito que uma bolha de sabão, como um pequeno arco-íris, não há nada mais estético que uma fita dourada enrolada sobre papel vermelho. Quando a criança chega à idade das narrativas, por volta dos 6-8 anos, o mundo é uma evidência para ela. Ela vê a luta dos maus contra os bons, ela diferencia os grandes dos pequenos, os seres humanos dos animais, os meninos das meninas, as mamães dos papais. Uma visão clara é necessária para compreender seu mundo e agir nele, mas ela é abusiva porque é binária, sem nuanças e sem evolução. A criança não sabe que há outras maneiras de ver o mundo. Quando ela se desenvolver, ao sabor de seus relacionamentos e sofrimentos, mudará de opinião.

Quando alguns desenvolvimentos impedem sua evolução, a criança se alista numa via extrema, ou melhor, é alistada, cúmplice involuntária de sua visão estereotipada. Quando ela cresce num ambiente entorpecente ou num contexto de guerra, a escolha é imposta. Quando o mar está calmo, esperamos o vento, e quando a tempestade nos sacode, aspiramos à calmaria. É por isso que vemos crianças bem-educadas, seguras até o entorpecimento em famílias dedicadas, se engajando em partidos extremistas, nos quais querem socorrer povos oprimidos. A sensação extrema adquire, para elas, a função de despertá-las, a proximidade do perigo lhes dá a sensação de existir. É fácil, para um regime totalitário, explorar essa necessidade de vida intensa justificada por um projeto nobre: "Vocês são cavaleiros da mais bela causa e da mais bela cruzada", dizia Jean Ybarnégaray, ministro da Juventude do regime Pétain.[187] Esse simpático campeão de pelota basca aceitara o cargo no governo de Vichy por ser anticomunista e antialemão. Mas tendo descoberto os horrores da colaboração, ele se engajou na Resistência e foi deportado para Dachau. O que o estimulava era a pelota basca, o anticomunismo e a Resistência. Através deles, ele se sentia vivo.

Para construir um defensor da ideologia totalitária, é preciso, desde a primeira infância, repetir a única verdade desde os primeiros passos, na família, na escola e no trabalho. Sem imaginar mais nada, sem descobrir nenhum outro mundo, a criança ficará feliz de defender aqueles que ama e que lhe ensinam aquela bela crença. Num meio sem pressão afetiva nem narrativa, a criança vagueia sem objetivo, flutua em todos os sentidos, carregada pelo vento daqueles que falam a seu redor. Quando não há estrutura interna, a palavra dos outros é onipotente. Um adolescente indeterminado não sabe para onde vai, ele muda de direção dependendo de quem encontra, ele não tem nenhuma liberdade interior porque espera que se apoderem de sua alma. Nos batalhões extremistas, encontramos lado a lado fanáticos cheios de diplomas e almas ocas, sustentadas por narrativas aceitas sem julgamento.

Quando um grupo heterogêneo é assim constituído, é preciso, para solidarizá-lo, designar um inimigo. Tudo se torna claro quando sabemos de onde vem o mal. Talvez seja

---

187. P. Giolitto. *Histoire de la jeunesse sous Vichy*. Paris: Librairie académique Perrin, 1991, p. 438.

o aproveitador que vive no presente e não quer se tornar um "cavaleiro da mais bela causa e da mais bela cruzada". Talvez seja o excêntrico que só vive de música, se veste com batas compridas, deixa os cabelos compridos e dança a ritmos triviais. Nada a ver com Wagner, flâmulas, tambores, discursos do líder que inflamam e apontam o inimigo – os comunistas, os judeus, os maçons, as sociedades secretas, os ciganos nômades, os doentes mentais, os homossexuais, os eslavos, os espanhóis, os magrebinos e demais africanos.[188] Que alegria ter tantos inimigos! Os que se dizem perseguidos são forçados à solidariedade. Quando pegamos em armas, quando nossos argumentos são extremados, agimos em legítima defesa. O extermínio dos opositores, dos diferentes, confere o prazer de uma vitória moral. A delação se torna um ato de purificação. "A provação é benéfica, ela dá força às almas e aos corpos, e prepara o amanhã reparador", disse Pétain, em sua mensagem à juventude.[189] "Não se faz uma grande corrida sem músculos", não parava de repetir Jean Borotra, o campeão de tênis. "Sejam machos", a ordem viril da honra se opõe à ordem feminina.[190] Os comunistas são inimigos visíveis, contra os quais é preciso se unir, mas o inimigo ideal é o judeu invisível que, com seu intelectualismo incessante, impede a união das almas e das forças viris. Um cartaz se dirige à juventude: "Jovem Francês... Você está pagando hoje por erros que não são seus... Você quer

---

188. A.J. Rudefoucauld. *Les Portes de l'enfer. La répression légale des minorités sous Vichy*. Bordeaux: L'Esprit du temps, 2021.
189. P. Pétain. "Message à la jeunesse de France". 29/12/1940. (Pronunciamento radiofônico.)
190. P. Giolitto. *Histoire de la jeunesse sous Vichy*, op. cit., p.442.

uma França livre da ditadura do dinheiro, dos trustes e dos especuladores... Aliste-se entre os líderes se quiser se tornar digno... Combata conosco pela Revolução nacional".[191] Essa necessidade de ser apoiado e de dar sentido a seus esforços se torna uma arma totalitária quando uma única organização de juventude dispõe de todos os poderes. Em 1920, a Alemanha arruinada pela derrota e pelas indenizações de guerra não pode mais cuidar de suas crianças. Sem escola e sem projetos, vivendo em famílias pobres e humilhadas, as crianças vagueiam. Quando Baldur von Schirach fundou a Juventude Hitlerista, em 1922, a melhora dos jovens foi instantânea. Eles usavam roupas específicas, camisa branca e lenço preto, para expressar o orgulho de pertencer a um grupo solidário, forte, ferozmente alegre, orientado para o ideal de uma sociedade nova. Eles cantavam até tarde, liam os textos recomendados e os comentavam em grupo. Durante os acampamentos de verão, eles caminhavam com mochilas nas costas, construíam barracas, faziam fogueiras e os melhores eram convidados para o congresso do partido em Nuremberg. Os meninos sofriam com orgulho a violência do treinamento militar e as meninas eram cumprimentadas pela beleza, pela graça, pelo cuidado com o corpo, pela simplicidade e pela preparação do casamento, no qual dariam ao mundo lindos filhos loiros que elas transformariam em heróis. Com um programa desses, como ser infeliz?

Conheci essa felicidade nos anos 1950. Os homens de minha família que tinham se alistado no Regimento de Marcha da Legião Estrangeira estavam quase todos mortos.

---

191. Ibid., p. 459.

Os jovens tinham entrado na Resistência e o resto de minha família foi para Auschwitz nos primeiros comboios. Quando meu tio Jacques, o Resistente, me inscreveu na UJRF, associação que preparava para a juventude comunista, ele me colocou num meio que me devolveu minha dignidade. Não usávamos uniformes, mas falávamos livremente da sociedade que queríamos criar. Líamos muitos livros e jornais, que nos forneciam os temas a debater, como a exploração do homem pelo homem e o marxismo dialético. No domingo, escalávamos as rochas de Fontainebleau, acampávamos, cantávamos na frente do fogo, íamos ao Théâtre National Populaire ver Gérard Philipe, fazíamos amizades, dizíamos que seríamos os atores de uma futura sociedade onde só haveria felicidade e justiça. Eu voltava à vida que eu tinha perdido no início da guerra. Como não me deixar entusiasmar por esse belo programa? Para nos galvanizar, apontávamos os inimigos, os pequeno-burgueses e os capitalistas que fumavam grandes charutos, sentados em sacos de dólares. Na Alemanha, nos anos 1930, a Juventude Hitlerista trazia alegria às crianças loiras, indicando como inimigos aqueles que poluíam a sociedade e não tinham as mesmas crenças, a mesma cor de pele e os mesmos slogans. Hoje, entendo que esses dois sistemas eram educativos. Os jovens, hitleristas e comunistas, socializavam escapando da proteção dos pais, que na adolescência se torna sufocante. É preciso encontrar outros jovens, é preciso ler, cantar, praticar esportes. Os esforços adquirem sentido e valem a pena quando os loirinhos têm orgulho de eliminar os poluentes sociais. Os pequenos comunistas ficam felizes de lutar contra os burgueses e os capitalistas. As necessidades fundamentais são satisfeitas. Depois de terem sido fortalecidos pelo afeto de seus pais, eles continuam seu desenvolvimento socializando em estruturas intermediárias entre a família e a sociedade. A questão que se coloca consiste em saber que tema, que projeto e que sentido os dirigentes vão insuflar nessas estruturas intermediárias. Alguns sugerem a igualdade, a proteção dos fracos, o progresso e a luta contra os exploradores do povo. Os jovens ficarão felizes de se orientar para um éthos como esse. Outros destacarão a depuração da sociedade, o valor do racismo que elimina aqueles cuja simples existência já é uma poluição, os judeus, os negros, os doentes mentais, os homossexuais e todos os que impedem a pureza social. Os jovens ficarão felizes de se orientar para um éthos como esse. Durante um desenvolvimento normal, é saudável aproveitar o domínio materno para adquirir uma boa autoestima e o prazer de explorar o mundo. Durante esse período sensível, podemos facilmente canalizar um jovem, fazendo-o passar da influência materna para o controle de um educador. É tão benéfico, tão euforizante, que o jovem pode facilmente renunciar à autonomia. Pensar por si mesmo exige uma força mental que ajuda a permanecer sozinho, escapando da influência daqueles que amamos. É possível perder o afeto para defender uma ideia? É o que acontece num grupo unido por uma religião sagrada ou laica, quando qualquer ideia pessoal dessolidariza e coloca o pensador na posição de criador, marginal ou traidor. Quando alguns alemães pensaram que seus filhos se deixavam influenciar demais por um discurso totalitário, eles tentaram avisá-los, mas os filhos, indignados, foram à delegacia denunciar a traição dos pais. Quando a delícia totalitária se apodera de uma alma, ela descobre o prazer de odiar. A indignação virtuosa desencadeia a passagem ao ato. Durante as epidemias que matam milhares de inocentes, a descoberta de um complô confere coerência ao sofrimento desmesurado: "Vimos o judeu atirar um pó no poço e alguns dias depois houve mortes na aldeia". A correlação é evidente, encontramos a causa! A indignação leva a agir, a fogueira se torna uma conduta admissível, não é mesmo? "Os exércitos do capitalismo judaico-anglo-americano inundam a Europa. Em circunstâncias tão dramáticas, a juventude deve garantir a salvação da pátria [...] exigimos que o comando revolucionário da juventude a faça participar da defesa da pátria."[192] É bom odiar, o ódio dá coragem e aumenta a possibilidade de vitória. A raiva e o ódio, que não têm a mesma natureza, devem ser associados. A raiva costuma ser provocada por uma reação de defesa que dá aos temerosos a força de agredir, ao passo que o ódio é um sentimento provocado por uma representação que não necessariamente está associada ao real. Podemos odiar por causa da ideia que temos da outra pessoa ou do discurso em que acreditamos: "Disseram-me que os negros querem violar nossas mulheres. Não posso não ser solidário com meus amigos e nem com o líder que admiro. Tenho interesse em me deixar levar a essa justa indignação, é inadmissível que os negros queiram violar nossas mulheres. Sinto um surpreendente prazer de frequentar pessoas que sentem o mesmo ódio que eu. Juntos, lado a lado, em legítima defesa, protegemos nossas mulheres ao agredir os agressores". "Muito bem, senhores da Ku Klux Klan! Que sentimento de força vocês transmitem quando aterrorizam os negros! Quanta beleza, quando vocês desfilam vestidos de branco e

---

192. Ibid., p. 469.

com capuzes pontudos."[193] O prazer de odiar é uma paixão triste[194], a alegria é carniceira porque a simples intenção de aterrorizar confere àquele que odeia um prazer físico.[195]

Na origem desse curioso prazer, com frequência encontramos uma humilhação que legitima o prazer de humilhar, como uma revanche: "Deram o direito de voto aos negros apenas para humilhar e desonrar os brancos do Sul".[196] Somos humilhados quando os negros obtêm o direito de voto! Hoje, alguns ingleses se sentem rebaixados pelo êxito dos paquistaneses, que fazem bons estudos, bons filmes e são eleitos prefeitos de Londres. Alguns franceses se irritam porque os magrebinos não se integram totalmente, mas ficam horrorizados quando eles se integram bem, do mesmo modo que alguns homens se sentem humilhados pelo êxito das mulheres. Na verdade, todas essas pessoas se sentem esmagadas quando elas já não podem dominar. Então pode emergir o prazer de matar, quando o contexto cultural permite: "Desde 1941 [...], ódio e prazer se misturaram nas palavras e nos gestos do Osteinsatz".[197] Pais de família assistem rindo à morte dos judeus diante da fossa

---

193. W. P. Randel. *Le Ku Klux Klan*. Paris: Albin Michel, 1966, p. 160-161.
194. F. Lenoir. *Le Miracle Spinoza. Une philosophie pour éclairer notre vie*. Paris: Fayard, 2017. [Em português: *O milagre Espinosa: uma filosofia para iluminar nossa vida*. Tradução de Marcos Ferreira de Paula. São Paulo: Vozes Nobilis, 2020.]
195. P. Saltel. *Une odieuse passion. Analyse philosophique de la haine*. Paris: L'Harmattan, 2007, p. 183.
196. W. P. Randel. *Le Ku Klux Klan*, op. cit., p. 159.
197. C. Ingrao. *Croire et détruire*. Paris: Fayard, 2010, p. 485. [Em português: *Crer e destruir: os intelectuais na máquina de guerra da SS nazista*. Tradução de André Telles. Rio de Janeiro: Zahar, 2015.]

comum cheia de cal onde eles vão cair depois que um soldado lhes tiver dado um tiro na nuca. Esse tipo de assassinato foi legitimado pelo sucesso social e intelectual dos judeus. Lembro-me de grupos de jovens milicianos marchando pelas ruas de Bordeaux e cantando: "Somos o modelo de uma juventude ardente, e nossos mortos ficarão felizes conosco".[198] Eu tinha uma sensação de perigo implacável e me espantava com a felicidade que aqueles jovens queriam dar a seus mortos aterrorizando a população. O deleite de assustar em nome de uma defesa imaginária é ilustrado por Jean Genet. Fascinado com o abjeto, ele erotiza o mal, tanto o que é dado quanto o que é recebido. Ele se sente atraído por todos os perseguidos da terra, desde que eles sejam belos e perigosos, como os argelinos do FLN, os Panteras Negras americanos, o grupo Baader alemão, as seitas japonesas e os palestinos. Quando viu o desfile dos milicianos nazistas, ele sentiu vontade de se aproximar porque eles aterrorizavam a população.[199] Quando conviveu com palestinos que tinham conseguido escapar do massacre do exército da Jordânia, em 1970, ele se sentiu atraído por seus corpos jovens, pelas armas que usavam e pelo cheiro da morte que eles prometiam ao se refugiar nos campos dos países árabes. Ele não se interessava pelas teorias nazistas ou comunistas, o que o perturbava sexualmente era a imagem de um rapaz bonito perseguido que pegava em armas para aterrorizar seu do-

---

198. R. Terrisse. *La Milice à Bordeaux. La collaboration en uniforme*. Bordeaux: Aubéron, 1999, p. 30.
199. E. White. *Jean Genet*. Paris: Gallimard, 1993, p. 253. [Em português: *Genet: uma biografia*. Tradução de Alves Calado. Rio de Janeiro: Record, 2003.]

minador: "[...] sua aparente maldição lhe permitirá todas as audácias".[200] Sentir-se perseguido para legitimar o prazer de odiar é uma estratégia frequente quando queremos dar uma aparência moral a nosso desejo de prejudicar.

Esse método psicológico é milenar. "Na Roma Antiga, não se dizia '*cancel culture*', mas '*damnatio memoriae*'"[201], condenação da memória, que consistia no apagamento de qualquer lembrança da pessoa ou do fato de que não se queria mais ouvir falar. A Revolução Francesa quebrou estátuas de rei e religiosos, a colonização destruiu todos os vestígios das civilizações colonizadas, os cristãos iconoclastas da Idade Média, com sua lógica espiritual, destruíram imagens para elevar o pensamento para uma representação divina impossível de perceber e mesmo proibir.[202] Os talibãs, em 2002, explodiram imensas estátuas do Buda para eliminar toda representação não islâmica de Deus, revelando assim sua intenção totalitária. A cultura do cancelamento permite compor um único relato de hipercensura: "Você não tem o direito de falar, você não tem o direito de ter existido. Se você é escravagista, precisa ser amordaçado, desaparecer da memória". Os nazistas inventavam uma memória que legitimava sua incrível violência desprovida de qualquer sentimento de violência. Eles diziam: "Os judeus tramam para tomar o mundo, os ciganos são parasitas da sociedade

---

200. J. Genet. *Le Funambule*. In: *Œuvres complètes*. Paris: Gallimard, 1993, volume V, p. 253.
201. A. Morlighe. "Effacer l'historique: une tentation millénaire". *Décisions durables*, set.-out. 2021, 48, p. 29-34.
202. A. Besançon. *L'Image interdite*. Paris: Gallimard, 2000. [Em português: *A imagem proibida: uma história intelectual da iconoclastia*. Tradução de Carlos Sussekind. Rio de Janeiro: Bertrand Brasil, 1997.]

com seus roubos constantes, os doentes mentais custam dinheiro demais com a manutenção de vidas sem valor, é lógico e saudável eliminá-los. Onde está o crime? Essa filosofia do bem e do saudável legitima a aniquilação. Não se trata de buscar outra solução, você só precisa dizer o que lhe dissermos para dizer se não quiser se ver na posição de inimigo".

A todos esses "canceladores" que querem apagar a memória se opõem os que petrificam o passado. A memória saudável é evolutiva, ela sempre tem uma intenção quando vai buscar no passado os fatos reais, que ela agencia para transformá-los em narrativa. Quando a Shoah faz da memória um dever, ela a transforma em recitação vazia, como se pedisse aos visitantes de Auschwitz que respondessem a um questionário de múltipla escolha: quantos morreram em Auschwitz? Escolha a resposta certa. Um a cada quatro jovens nunca ouviu falar dos campos de extermínio e não se importa. Um a cada quatro jovens sai abalado. E os outros olham com desapego para os horrores que lhes são mostrados, os corpos empilhados, os cadáveres ambulantes, as crianças desencarnadas, os dentes, os cabelos, os óculos empilhados para serem revendidos. Eles explicam tranquilamente que essas atrocidades lembram os animais levados para o abatedouro, os terremotos e os acidentes de carro.

Publicar o que queremos acreditar

É impossível não falar da Shoah. Calar é se fazer cúmplice, mas quando falamos sem parar, simplificamos a narrativa, fazemos um esquema, um estereótipo que já não evoca mais nada, algumas palavras que recitamos pensando em outra coisa. Para despertar a consciência, é preciso criar um problema, fazer uma pergunta estranha que surpreende e desorganiza a narrativa. O pensamento preguiçoso articula algumas palavras, um enunciado claro demais que interrompe a reflexão: os alemães eram bárbaros, malvados, por isso mataram judeus. É claro, é verdade, nada a acrescentar.

Durante a guerra, precisei me calar para não morrer. Não se falava em Shoah, nem em campos de extermínio. Queriam me matar, só isso. Eu controlava a situação ficando perfeitamente calado. Às vezes, descobria um indício que me fazia entender que outras crianças sabiam que eu era um fugitivo da fala, que eu precisava evitar algumas palavras e não dizer meu nome para ter o direito de viver. Quando estive escondido na casa dos Monzie, perto de Bordeaux, o filho deles, que tinha a minha idade, não disse nada. Quando ele ia para a escola, seus colegas de aula lhe perguntavam por que às vezes as cortinas se mexiam na casa dele, e ele dizia que não havia ninguém. Todas aquelas crianças sabiam, nenhuma me denunciou. Aprendi, recentemente, que um Justo que me protegera, escondendo-me em Castillon, recebera uma convocação da prefeitura, dizendo-lhe que me acompanhasse ao comissariado para que eu fosse entregue à minha mãe. A carta não mencionava que ela estava em Auschwitz.

Depois da guerra, a alegria popular colocou em evidência a coragem dos membros da Resistência, que devolveram a dignidade aos franceses, humilhados pela derrota de 1940 e envergonhados pela colaboração com o nazismo. As conversas que me cercavam só falavam de tíquetes de racionamento, para comer um pouco, e do retorno da manteiga, prova de abundância e do prazer de viver. Os comunistas triunfantes pediam aos operários que fizessem horas suplementares e trabalhassem de graça aos domingos. Eles reconstruíam a França, o que dava ao trabalho um sentido glorioso. Tudo era alegria e generosidade, apesar da extrema pobreza da França arruinada. Nesse contexto, meu testemunho causava pena. Eu tinha vergonha de não ter pais como as outras crianças, eu me sentia menos que elas. Eu nunca teria conseguido confessar que tinham tentado me matar. Um dia, a frase quase escapou, de viés: "Fui preso, mas consegui fugir". Os adultos caíram na gargalhada!

Nos anos 1980, a cultura francesa finalmente ousou se interessar pela colaboração do governo de Vichy com o nazismo. Michel Slitinsky, professor de história, contava na revista *Historia* a trajetória de meu pai, "o corajoso soldado Cyrulnik, ferido em Soissons"[203] na Legião Estrangeira. Ele tinha sido preso no hospital de Bordeaux pela polícia do país pelo qual combatera. Uma enfermeira do centro médico-social onde eu trabalhava, a sra. Richard, leu o artigo e me fez algumas perguntas. A partir daquele dia, tornou-se impossível não falar de minha curiosa infância. A cultura acabava de mudar. O filme *Shoah*, de Claude Lanzmann, e

---

203. M. Slitinsky. *L'Affaire Papon*. Paris: Alain Moreau, 1983.

principalmente o processo contra Maurice Papon, levavam para a praça pública o que fora escondido. A negação da cultura francesa do pós-guerra se tornava foco de interesse e às vezes de avidez obscena: "Uma criança sozinha... você deve ter sido violado várias vezes?".

A memória é intencional, cada um vai procurar no passado os fatos reais que confirmam sua maneira de ver o mundo. Alguns contam como, durante a ocupação alemã, eram perseguidos por serem excêntricos. Seus cabelos longos, suas batas compridas, seus sapatos bicolores e seu amor pelo jazz os colocavam na prisão, onde eles eram maltratados com perguntas desprezíveis e às vezes com pancadas. Uma nota da Gestapo (5 de junho de 1942) se preocupa com manifestações de simpatia pelos judeus: "[...] os ambientes gaullistas e comunistas fazem uma propaganda maciça para provocar distúrbios [...] todos os judeus, com a estrela judaica, deverão ser saudados [...] no lugar da inscrição 'judeu' deverá ser colocado o nome de uma província francesa". Tal crime, segundo a Gestapo, merece repressão: "[...] é preciso reprimir sem consideração [...] prender todos os que usam falsas estrelas judaicas e puni-los de acordo com seu delito".[204] Os fatos adquirem sentido segundo seu contexto. Durante a guerra, quando um não judeu costurava ao peito uma estrela amarela com a inscrição "Auvergnat", em vez de "judeu", ele dizia com isso que defendia os judeus e se opunha à Gestapo. Ele era espancado, preso e às vezes deportado. Hoje, quando um manifestante costura uma estrela de David e escreve sobre

---

204. M. Rajsfus. *Opération Étoile jaune*. Paris: Le Cherche Midi, 2012, p. 78.

ela "Antipass" [antipassaporte vacinal], ele quer dizer que o governo é um equivalente da Gestapo e que ele, o manifestante, está sendo tão cruelmente punido quanto um judeu em 1942. Indecente ausência de medida.

Quando falamos daquela época, mencionamos o fanatismo nazista, o sequestro de multidões não armadas fazendo fila para entrar nos comboios, o empilhamento de cadáveres descarnados. O horror se tornou uma representação estereotipada. Na mesma época, havia no entanto uma bela Alemanha composta de filósofos, cientistas, escritores e músicos apaixonados pelo classicismo tanto quanto pelo jazz. O judeu Benny Goodman, o negro Lionel Hampton, o cigano Django Reinhardt, o emigrado Aimé Barelli eram adorados. Quando os alemães parabenizam Jesse Owens por suas quatro medalhas nos Jogos Olímpicos de Berlim, em 1936, eles eram menos racistas que os americanos que tinham enviado esse atleta negro aos jogos para representá-los.

Numa mesma população, numa mesma cultura, no mesmo momento, uma corrente extática carrega os fanáticos, enquanto outros, discretos e livres, não se deixam levar. A que se deve essa diferença? Como explicar essas orientações opostas? Uns ficam felizes de se submeter a uma ideia que eles não controlam mas que os revaloriza, e outros preferem tomar um pouco de distância para julgar os fatos e preservar sua liberdade interna. Os jovens vão à guerra obrigados, por vocação ou por vigarice cultural. Os adolescentes estão numa idade em que são inflamados com facilidade. Quando o desejo sexual aparece, uma força interna os leva a deixar suas famílias. Eles têm vergonha de continuar ao lado da mamãe, com quem ainda se sentem crianças, e aspiram a sentir uma autoestima que os incita a partir. Então eles procuram a seu redor a instituição que poderia ajudá-los a deixar o jugo familiar para continuar seus desenvolvimentos. Quando o país está em paz, a universidade, a fábrica, o grupo de amigos ou a melhor amiga oferecem uma etapa intermediária na direção da autonomia psíquica e da independência social. Mas quando o país está em guerra ou desorganizado socialmente, o exército, o engajamento num grupo extremista e o tráfico ilegal oferecem uma ilusão de liberdade. "Sem o conhecimento de minha mãe, alistei-me como voluntário (eu tinha catorze anos, fui junto com meu melhor amigo da escola). Chegamos à retaguarda do front, onde não queriam que ficássemos, por causa de nossa idade [...] o capitão nos enviou à cozinha, para a batalha do descascar."[205] A maturidade segue caminhos variados. Quando um jovem se depara com um capitão não fanático, ele é enviado para a batalha do descascar, mas durante sua fuga ele pode encontrar um adulto sem escrúpulos, que coloca uma cinta de explosivos em seu corpo para fazê-lo cumprir uma teoria que ele ignora. A maioria das crianças exploradas até a morte vem de bairros pobres desprovidos de instituições intermediárias. Há menos fugas extremadas nos bairros ricos, onde o jovem entra para uma ONG ou para um clube esportivo ou artístico.

Em períodos de guerra, a coerção vem daqueles que comandam: "Em agosto de 1944, o líder da Juventude Hitlerista, Artur Axmann, lançara um apelo aos rapazes nascidos em 1928 para que eles se engajassem na Wehrmacht... em seis meses, 70% dos jovens com essa idade se

---

205. M. Pignot (org.). *L'Enfant soldat. XIXe-XXIe siècle*. Paris: Armand Colin, 2012, p. 74-75.

alistaram voluntariamente"[206]. Eles de fato se alistaram voluntariamente? Ou se deixaram levar por um fenômeno de massa no qual é difícil não seguir aqueles a quem estamos apegados? Mais tarde, encontramos palavras para dar uma aparência racional a um sentimento que vem não se sabe de onde e que, no entanto, é sentido como uma certeza. O dia 9 de maio de 1945, dia da "capitulação", foi o dia mais sombrio da história alemã. Alguns jovens pensaram: "A guerra acabou, a paz vai voltar". Pouquíssimos disseram: "Provocamos a Segunda Guerra Mundial, é justo que a cultura nazista seja destruída". Wilhelm, saindo da escola secundária em Bremerhaven, escreve: "[...] fomos obrigados a depor as armas depois de quase seis anos de cerco".[207] Dizer-se perseguido e cercado legitima a violência e evita a culpa. Os pais de Liselotte eram antinazistas. Quando descobriram o genocídio dos judeus, eles quiseram explicá-lo à filha, que não tolerou aquele testemunho. Ela estava tão exaltada na defesa da Alemanha nazista que quando seu irmão mais jovem foi enviado para a guerra contra os russos, ela disse: "Estou pronta para sacrificá-lo".[208] O culto do autossacrifício era maravilhoso, por que abrir os olhos?

É muito vantajoso se recusar a ver e aceitar sem pensar o que nos dizem para acreditar. A servidão voluntária leva à certeza voluntária. Para chegar a esse conforto, basta conviver com pessoas que falem as mesmas coisas que nós. Quando eu era adolescente, eu só convivia com os amigos que liam os mesmos jornais que eu. Debatíamos os mesmos

---

206. Ibid., p. 92.
207. Ibid., p. 93.
208. Ibid., p. 103.

problemas, a guerra do Vietnã, a independência da Argélia, a cultura de esquerda, Bertolt Brecht, o encouraçado Potemkin, os livros de Aragon e de André Stil, os quadros de Fernand Léger – isso bastava para preencher nossos passeios e nossos encontros entre amigos. Falávamos a mesma língua, compartilhávamos as mesmas representações, tecíamos laços de amizade. Foi assim que, com toda sinceridade, socializamos nossas almas. Permanecendo entre nós e aprimorando nossos argumentos, tínhamos ideias cada vez mais claras. Hoje, penso que essas ideias claras nos impediam de ver, fazendo sombra a qualquer outro pensamento. A tendência ao gregarismo intelectual nos dava uma sensação de força. Ficávamos indignados que pudessem ver o mundo de outro jeito. Comentando sem parar o maravilhoso Aragon, o soporífico André Stil, nós ignorávamos tudo do arrogante Charles Maurras. A socialização de nossas almas, criando isolamentos intelectuais, nos integrava a grupos de amigos que desprezavam e odiavam aqueles que não liam nossos livros. Colocávamos sobre nosso corpo signos de reconhecimento, sem perceber: as mesmas roupas, o mesmo corte de cabelo, as mesmas fórmulas verbais. Formávamos uma pequena comunidade, uma rede social afetiva e intelectual em que alguns se orientavam para uma filosofia materialista, enquanto outros se sonhavam cientistas ou artistas. Ninguém se queria comerciante ou "pequeno-burguês". Essas categorias eram abusivas, evidentemente; a filosofia pode dar uma aparência racional a um desejo de acreditar e o método científico não impede o pensamento mágico.

    Lembro-me da excelente neurobióloga que publicou com Henri Laborit um trabalho em que eles explicavam como um grilo, isolado, ficava azul e imóvel, ao passo que o mesmo inseto em grupo adquiria a cor vermelha, não parava quieto e resistia melhor à intoxicação por lindano.[209] Esse trabalho científico simples e rigoroso demonstrava, há quarenta anos, como o metabolismo íntimo da dopamina, que provocava a cor e o movimento, mudava quando o meio mudava. A mesma grande cientista afirmava que nosso devir psicológico e nosso destino social eram governados pelos astros.[210] Seu trabalho científico precursor é hoje totalmente confirmado pelas pesquisas neurocientíficas que demonstram como a estrutura do meio (climático ou populacional) modifica a expressão dos genes, a secreção dos neurotransmissores e os comportamentos. Mas o determinismo astral do destino dos gêmeos ainda não foi confirmado, apesar de inúmeras publicações. Cada autor publica aquilo em que quer acreditar[211], sem submeter suas ideias ao tribunal da verificação científica ou da validação clínica.

Duvidar para evoluir

É preciso duvidar para explorar. A certeza interrompe o pensamento e rotiniza a repetição. Claro que para passar

---

209. S. Fuzeau-Braesch (org.). *Contribution à l'étude neurochimique de la variation d'octopamine chez Locusta migratoria.* Tese na universidade Paris-Sud, 1983.
210. S. Fuzeau-Braesch. *Astrologie: la preuve par deux.* Paris: Robert Laffont, 1992.
211. T. Ripoll. *Pourquoi croit-on?* Paris: Éditions Sciences Humaines, 2020, p. 13.

à ação e entrar em relação é preciso ter um momento de certeza. Os obsessivos que duvidam de tudo não conseguem mais agir. Eles passam o tempo verificando, contando seus passos, enxugando maçanetas de portas. Eles têm o impulso de um gesto e o detêm na mesma hora, pois duvidam do gesto. Para se engajar na vida, é preciso ter algumas certezas, mas elas precisam ser evolutivas, de maneira a que estejamos prontos para mudar quando o contexto muda. Então sentimos o prazer da descoberta e o espanto de ver um mundo que não é mais como pensávamos: "Vejo as coisas de outra maneira", dizem aqueles que sabem evoluir. O prazer de duvidar não é um relativismo ou um "não estou nem aí". Nem tudo se equivale, algumas decisões valem mais que outras, dependendo do contexto. Quando a relação evolui, ou quando a estrutura social se modifica, as decisões a tomar não são mais as mesmas. A dúvida facilita a inovação, a nuança não é uma fraqueza intelectual, é uma flexibilidade mental, uma abertura para outra possibilidade, a exploração de outro planeta mental.

Entre os personagens que descrevi no início desse livro, alguns, Alfred Adler, Viktor Frankl e Hannah Arendt, tinham adquirido ao longo de seu desenvolvimento uma facilidade de evoluir. Eles aceitavam a ideia de não ver as coisas como antes. Enquanto outros, como Rudolf Höss e Josef Mengele, sentiam o prazer das certezas inabaláveis que só podiam confirmar o postulado de base. Eles buscaram mestres de pensamento que lhes deram fé, imediatamente, como uma revelação em que não há nada a verificar e nada a confrontar com a realidade. A convicção os tornou tão seguros de si mesmos que eles facilmente subiram os degraus de sua sociedade, tomaram o poder e impuseram seus valores, sem possibilidade de nuança. Quando a verdade é única, ela não pode ser negociada.

Louis Darquier, apesar de nascer prematuro aos seis meses e meio, recupera seu atraso e se torna um excelente aluno. Ele é descrito como "orgulhoso, pretensioso, imbuído de si mesmo... para melhor se opor a seu pai, que é radical--socialista, ele cai nos excessos de Hitler", a ponto de ser apelidado de "papagaio de Hitler".[212] Que prazer pode haver em se tornar um papagaio intelectual? A repetição em uníssono erotiza a certeza, enquanto a reflexão solitária erotiza a dúvida. Não é a mesma maneira de se socializar, o que explica as guerras de crenças. Os que erotizam a certeza se sentem bem juntos, seguros de si, reforçados pelos slogans repetidos em uníssono pelo coro dos papagaios. Os que erotizam a dúvida sentem o prazer da evolução do pensamento, mas, com frequência, eles se veem sozinhos. A palavra "erotização" é de fato a que convém, pois Freud designa a libido como uma energia associada a uma atividade intelectual. Podemos amar a vida em atividades banais como cuidar do jardim e cozinhar, mas também podemos amar a morte quando a libido, associada a essa representação, cria um sentimento intenso, agradável. Se você não acredita em mim, veja como os jovens ficam eufóricos depois de correr um grande risco, como os ex--combatentes são unidos afetivamente pela vitória e pela derrota, como os aficionados têm uma grande sensação de beleza quando um homem magro, elegante, vestido de seda e ouro, planta sua espada nas omoplatas de um animal admirado por

---

212. C. Callil. *Bad Faith: A Story of Family and Fatherland*. Londres: Jonathan Cape, 2006, p. 15, 82.

sua ferocidade, sua força e seus chifres mortíferos. É assim que o ódio associa a estética à morte para realizar um crime de linguagem.[213] Charles Maurras é o virtuose das palavras que encantam a morte, o ódio e a beleza. Ele dizia que Auschwitz era um rumor dos judeus, que não paravam de se queixar, e escreveu da prisão, em 1951: "Ó, Auschwitz! Ó, Dachau! Ó, Buchenwald! Ó, Mauthausen! Ó, Ravensbrück! Vossos crematórios ainda fumegam".[214] É curiosa essa maneira de fetichizar as palavras: o amuleto verbal, adorado como um objeto mágico, impede de ver a realidade. Quando se escreve "Ó, Auschwitz", a ênfase da locução permite não mencionar a pilha de cadáveres podres empilhados no chão antes de virar fumaça. Quando se escreve "Ó, Mulher", a ênfase poética ajuda a não mencionar a vagina na qual se deseja penetrar. As palavras, constantemente repetidas em formulações ritmadas, impedem a elaboração, automatizando o trabalho do pensamento.[215] É assim que a certeza leva à dominação.

Para garantir a paternidade, a sociedade exige que a mulher seja virgem no dia do casamento. A membrana vaginal se torna a prova biológica de que o marido será de fato o pai dos filhos. Hoje, é o DNA que confirma a paternidade, ou melhor, que designa o genitor. Os quatro mil homens que todos os anos são "condenados a ser pais" nunca serão pais. Quando o DNA reconhece que a criança é filha de um

---

213. S. Sanos. *The Aesthetics of Hate. Far-Right Intellectuals, Antisemitism and Gender in 1930s France.* Stanford: Stanford University Press, 2012.

214. S. Giocanti. *Maurras. Le chaos et l'ordre.* Paris: Flammarion, 2008, p. 482.

215. P. Gutton. "Transaction fétichique à l'adolescence". *Adolescence*, 1983, 1 (1), p. 107-125.

crime sexual, é justo que o homem pague, mas ele não terá o sentimento da paternidade, ele não se sentirá responsável pela criança, nunca se apegará a ela.

Misterioso poder das palavras, quando uma mulher diz a seu amante "Estou com quinze dias de atraso e sinto meus seios inchados" – ela dá uma forma verbal aos sinais do corpo que anunciam a maternidade. É através das palavras da mulher que o homem descobre que vai ser pai, e é nos relatos sociais que ele descobre como convém ser pai. Dependendo da cultura, ele será chefe de família representante do Estado em seu lar, ele será o soldado que aceita morrer para defender a mulher e os filhos, ele será o operário que trabalha de dez a quinze horas por dia para ganhar o pão com o suor de seu rosto, ele será o tirano doméstico porque um homem deve afirmar sua virilidade, ou ele será o jovem pai que aceita se tornar o ajudante da mãe. Esse papel familiar, ditado pelos relatos sociais, adquire um valor moral percebido intimamente: devo ser chefe de família, soldado, operário ou pai-coruja. Qualquer dúvida introduzirá um mal-estar, uma vergonha, uma despersonalização, convidando o homem a não se conformar às prescrições culturais. Para estar à vontade consigo mesmo e com as regras sociais, é tentador se submeter à ascendência das palavras. Para que você seja pai e tenha orgulho de sê-lo, você precisa se sacrificar ao campo de batalha ou à fábrica, sua mulher precisa ser virgem e se dedicar ao lar, assim a ordem reinará.

Escola e valores morais

Mas quando o éthos muda, quando a realização pessoal se torna um valor moral superior à ordem social, a constatação da virgindade perde seu sentido e se torna uma humilhação para a mulher, reduzida à função de barriga de aluguel do filho do marido. O jovem marido já não fica orgulhoso de trabalhar quinze horas por dia e dar todo seu salário à mulher para que ela vá ao mercado e cozinhe. Ele se sente enganado, bloqueado em sua aventura pessoal. Quando muda o paradigma (a palavra que deflagra a cadeia de palavras e teorias), a hierarquia dos valores muda junto. A virgindade já não vale muita coisa, o orgulho de ser um homem que sofre no fundo da mina se torna uma tortura inútil. No entanto, foi assim que a maioria dos casais da era industrial funcionou: a mulher bloqueada e o homem heroicizado, cada um orgulhoso de seu papel social.

    A indústria desmoronou, os operários desapareceram, os camponeses se tornaram técnicos solitários. Não fabricamos mais a sociedade com o corpo – as mulheres com o ventre, os homens com os braços –, tomamos nosso lugar no grupo com nossos diplomas e com a arte das relações. A divisão sexual dos papéis sociais não tem mais nenhum sentido. Em nossa sociedade estruturada pela escola e pela tecnologia, as mulheres podem fazer tudo o que os homens fazem, igualmente bem. Mas os homens não podem fazer tudo o que as mulheres fazem. Enquanto não tiverem desenvolvido um útero artificial eficaz, o corpo das mulheres será o único a poder gerar filhos. Nesse novo contexto, um novo éthos confere aos homens o lugar de ajudantes da mãe. Também é possível proibir as mulheres de ter filhos, como aconteceu na China, na época da lei do filho único, e como acontece hoje com a queda da natalidade mundial, quando não colocar crianças no mundo se torna uma questão moral.

As culturas não param de mudar de certezas, não se considera mais uma felicidade colocar no mundo um menino para fazer a guerra ou trabalhar na fábrica. Torna-se ético "se realizar" e participar da realização de seu cônjuge e de seus filhos. Na época em que a vida valorizava as qualidades guerreiras e o sucesso social, o que contava era a vitória, não a verdade. Durante uma guerra de crenças, ficamos dispostos a morrer para que nossa fé se imponha ao descrente. Não queremos saber se nossa convicção designa um segmento da realidade, o que conta é a vitória. Quando somos vencidos, nós nos calamos para não morrer – é a paz dos marranos, praticadas pelos judeus espanhóis. Convertidos à força ao cristianismo, eles praticavam sua religião em segredo, como os cristãos chineses, que, ameaçados de morte, colocavam sobre o altar familiar uma estátua do Buda, que bastava virar de costas para se tornar um crucifixo ou uma virgem com o menino Jesus. Calo-me para não morrer, mas você não terá minha consciência, você não ganhará a guerra, pensam em silêncio os marranos. A certeza leva à brutalidade relacional, pois é preciso ter má-fé para não acreditar no que eu acredito, diz o crente absoluto que não duvida jamais.

Em contrapartida, a dúvida extrema, a dúvida obsessiva, impede a fluidez das ações e o engajamento na vida cotidiana. Se eu fizer a escolha errada, serei culpado das consequências infelizes, então hesito, pisoteio e não consigo me decidir. Felizmente, me sinto apaziguado quando alguém decide por mim. Perco minha liberdade interior, mas não sofro mais de indecisão. Por isso podemos amar a servidão que nos liberta da angústia da escolha. O perigo da submissão feliz, da perda tranquilizante da liberdade, é nos fazer ver um mundo cada vez mais claro, em que não precisamos hesitar. "Agora sei para onde ir", diz aquele que era torturado pela dúvida. Surge então o viés da confirmação[216], argumento cada vez melhor, para defender uma visão de mundo que se baseia num postulado que nunca foi demonstrado. Não é preciso ser paranoico para pensar assim. Quando somos sensibilizados por um problema ao longo de nosso desenvolvimento, como por exemplo a precariedade social, o estresse inscreve em nossa memória uma sensibilidade duradoura a ela. Quando fomos abandonados e estuprados, adquirimos uma capacidade particular de perceber as informações sobre o estupro e o abandono. O mundo, cada vez mais claro, é tematizado pelos sinais aos quais nos tornamos sensíveis. O que se torna uma evidência para nós não o é para aqueles que nunca foram abandonados e estuprados. Não fazemos mais que confirmar aquilo a que nos tornamos sensíveis. Essa evidência nos separa daqueles que, tendo conhecido outro desenvolvimento, percebem outro mundo. A certeza e a clareza abusiva impedem de evoluir e de descobrir outras verdades. Só nos sentimos bem junto àqueles que veem o mesmo mundo que nós. Por isso nos inscrevemos numa rede social, num grupo unido em torno de um relato que produz um sentimento de familia-

---

216. G. Bronner. *La Démocratie des crédules*. Paris: PUF, 2013.

ridade. Descrevendo um mundo do mesmo tipo, nós nos sentimos próximos, enquanto um mundo diferente nos põe em alerta. Mas quando o excesso de proximidade fecha o grupo, a barricada reforça o amor do Mesmo e o ódio do Outro. Torna-se normal desconfiar, desprezar aqueles que são diferentes, agredi-los e, se preciso, eliminá-los.

A história é um produto perigoso, pois todos podemos procurar em nosso passado razões para fazer a guerra. Os árabes se vingarão das cruzadas e dos colonialistas, os protestantes matarão os católicos, os judeus se revoltarão contra os países de acolhida e as mulheres expulsarão os homens do planeta. Então a justiça triunfará, não é mesmo? As histórias de família e os mitos do grupo têm um efeito de ligação que reforça a identidade dos membros dessas coletividades. Mas quando um relato impõe sua única visão de mundo, os que a aceitam como uma crença religiosa, ideológica ou científica têm acesso a um mundo claro que os descrentes difamam. Os que não podem acreditar nesses relatos precisarão se calar, fugir ou se "marranizar". "Alguns tinham medo", diz Annette Wieviorka sobre sua estada na China de Mao. "Eles precisavam se lembrar do chapéu de burro usado durante os primeiros três anos da Revolução Cultural... entre 1966 e 1969, eles não tinham a menor vontade [...] de ser acusados de um gosto perverso pela cultura burguesa [...] então eles não deixavam de introduzir na epígrafe de seus textos um 'viva o presidente Mao' ou 'Viva o Partido Comunista chinês'."[217] Durante a Segunda Guerra Mundial, na França, também era preciso formular

---

217. A. Wieviorka. *Mes années chinoises*. Paris: Stock, 2021, p. 69.

algumas frases à glória do Marechal ou dos belicistas. Nas publicações científicas, era preciso colocar uma referência à higiene racial para que o artigo fosse aceito pelo comitê de leitura. Essas palavras estereotipadas funcionavam como um salvo-conduto que permite seguir em frente. Era assim que se passava por barreiras militares: quando uma sentinela apontava a arma, era preciso dizer "França" ou "Muguet", ou qualquer palavra combinada para não ser preso pelos soldados. "Nas discussões e no âmbito do Instituto [...], nós sempre nos apresentávamos como técnicos da língua."[218] É assim que o psitacismo, o fato de articular palavras convencionais das quais o sentido foi perdido, adquire uma função socializante. Basta articular essas palavras para ser autorizado a participar da sociedade, mas ai daquele que não as pronunciar, ele será preso, reeducado, deportado ou fuzilado. A linguagem totalitária permite viver em paz, mas perdeu sua função de pensamento. Quando, alguns anos depois, Annette relê as cartas que enviou aos pais, ela fica estupefata de ver que só fala do tempo. "As mesmas frases voltam, verdadeiros refrões... tenho cada vez menos coisas para contar... quanto mais a estada se prolonga, mais minha cabeça fica vazia."[219] Nós nos submetemos ao psitacismo por medo de ser rejeitados pelo grupo ou pela sociedade, enquanto basta pronunciar alguns salvos-condutos cujo sentido não tem nenhuma importância para reforçar a sensação de pertencimento de que tanto precisamos: "Tigre de papel... Luta de classes... Judeu rico... Árabe ladrão... Negro música futebol...". Alguns fenômenos são suficientes para

---

218. Ibid., p. 70.
219. Ibid., p. 70.

tecer um laço de pertencimento, nós nos reconhecemos, nos sentimos bem. A função afetiva da palavra pode nos pregar uma peça quando um ditador as utiliza para clonar as almas.

Uma entidade englobante leva a uma redução abusivamente explicativa, enquanto conhecer, amar e brigar com uma pessoa diferente de todas as outras leva à nuança. "Amei Heidegger, detestei seu engajamento nazista, mas depois da guerra continuo a admirar sua filosofia. Vou então fazer com que seja traduzido nos Estados Unidos", Hannah Arendt poderia ter dito quando voltou a vê-lo depois da Libertação. Será essa a atitude que ela chama de "liberdade interior" ou será esse um conhecimento de lavrador expresso pela filósofa-camponesa que diz só amar aquilo que conhece? Uma maneira de saber no corpo, de sentir, de experimentar e de se colocar à prova da vida. Um saber terreno como este é diferente do saber do intelectual que se separa da realidade sensível para ter uma representação coerente de uma entidade invisível como "o judeu" ou qualquer outra abstração desencarnada.

Escolher nossos pensamentos

"Podemos escolher a maneira como pensamos e a maneira como agimos."[220] Viktor Frankl, que foi um cadáver ambulante em Auschwitz, onde perdeu o pai, a mãe, a mulher e o filho, encarna a liberdade interior. Ao voltar à vida depois

---

220. S. Guignard. *Je choisis donc je suis*. Paris: Flammarion, 2021, p. 268.

da libertação dos campos (1945), ele decide sua conduta: "Preciso absolutamente entender o que aconteceu para dar sentido à minha vida".[221] Minha vida nunca mais será como antes, vou vivê-la de outra maneira: "[...] como se vivesse uma segunda vez".[222] Li essa frase e uma lembrança de infância me veio à mente. Quando o "bolsão de Royan", onde o exército alemão resistia em 1944, finalmente caiu, quando a bomba explodiu em Hiroshima e ouvi a meu redor que "pronto, agora a guerra de fato acabou", de repente me senti autorizado a viver de novo. Antes, eu não tinha certeza, eu esperava a vida com uma esperança muda. Mas, depois da Libertação, lembro-me de ter pensado: "Você acaba de ganhar uma prorrogação, uma nova vida depois da espera da morte, mas se você quiser viver no presente, precisa compreender o que aconteceu". Claro que, aos sete anos de idade, eu não devo ter pensado com as palavras que uso hoje, mas lembro que a expressão "autorizado a viver" e "preciso compreender" já estavam em meu arsenal intelectual. Quando reencontrei a sra. Descoubès em Bordeaux, em 1983, ela me disse que depois de minha fuga eu não parava de repetir: "Nunca vou esquecer esse dia". A memória traumática é constituída por um centro específico, nos mínimos detalhes, uma hipermemória focalizada, cercada de imprecisão, uma confusão dos sentidos que não deixa nenhuma lembrança.[223] Lembro-me do corpo da sra.

---

221. V. E. Frankl. *Le Sens de ma vie*. Paris: Dunod, 2019.
222. V. E. Frankl. *Recollections: An Autobiography*. Nova York: Basic Books, 2000, p. 124.
223. F. Eustache (org.). *La Mémoire, entre sciences et société*. Paris: Le Pommier, 2019, p. 156-158.

Blanché moribunda sobre mim, não tenho nenhuma lembrança de seu sangue, que me encharcou.

Como retomar a vida tendo, em sua memória, tal representação de si, clara no centro do trauma e obscura ao redor? Quando permanecemos prisioneiros de um trauma, quando a memória congelada constantemente revê a imagem do horror, da morte iminente, da sideração psíquica, a vida não pode voltar. Permanecemos submetidos à repetição do medo, nós o sentimos de dia, nós o vemos à noite, não podemos mais amar, trabalhar ou pensar, só podemos sofrer "como se tivesse acabado de acontecer". Os que retomam a vida decidem compreender o que aconteceu, para reconstruir uma nova vida. Compreender é modificar a representação do trauma, acrescentando a ele outra fonte de memória. À memória do horror, acrescentamos a memória daquilo que compreendemos.

Antes da guerra, Viktor Frankl foi expulso da sociedade adleriana por criticar seus excessos teóricos. Ele fez uma série de conferências em Viena, Berlim, Praga e Budapeste, magníficas cidades da Europa central. Foi assim que conheceu Otto Pötzl, professor de neuropsiquiatria que acabava de suceder, em Viena, a Wagner-Jauregg. Havia entre esses dois homens uma filiação intelectual. Wagner-Jauregg descobrira que injetando malária em doentes que sofriam de neurossífilis os sintomas neurológicos se atenuavam, o que lhe valera o prêmio Nobel em 1927. Ele também descobrira que bastava acrescentar iodo no sal de cozinha para fazer desaparecer os enormes bócios das pessoas que eram amavelmente chamadas de "cretinos dos Alpes". Em sua visão hierárquica dos seres humanos, ele propusera a esterilização dos inferiores, o que lhe valera a simpatia dos nazistas. Depois ele se casara com uma judia, que considerava uma mulher superior. Otto Pötzl, que o sucedera na cátedra de neuropsiquiatria, era um homem caloroso que gostava de transmitir seus conhecimentos. Ele se interessara pelo jovem e brilhante aluno judeu Viktor Frankl. A afetividade era tão grande entre o professor e o aluno que o jovem Viktor logo o considerou "seu amigo paterno".[224] Em 1930, o caloroso professor se inscreveu no Partido Nazista, que começava sua expansão. Ele tinha muita estima e respeito por seus alunos judeus, apesar de sua proximidade com as ideias nazistas. O professor Pötzl usava a suástica na lapela do terno enquanto cuidava da transferência de pacientes judeus com tumores cerebrais para o setor de neurocirurgia e enquanto ajudava Viktor, o aluno que se tornara chefe do setor, a aumentar o número de leitos para tratar os judeus que já não eram aceitos nos hospitais públicos.

Viktor passou três anos em quatro campos: Therensienstadt, Auschwitz, Kaufering e Turckheim. É incrível que não tenha morrido. Seus pés, inchados por um edema de carência, gelados, esfolados, mal lhe permitiam caminhar. Ele se via morrer com certo interesse, com um "autodistanciamento" onde ele se via explicando, num congresso imaginário, como se morria em Auschwitz.[225] Muito interessante, não é mesmo? O prazer de compreender como se morria lhe permitia sofrer menos. Ele sofria com o frio e a fome, mas não sofria com a angústia da morte iminente, pois em sua alma ele preparava uma reflexão interessante

---

224. V. E. Frankl. *Recollections: An Autobiography*, op. cit., p. 68.
225. Ibid., p. 98.

a ser compartilhada com seus amigos médicos. Quando o campo de Turckheim foi libertado pelos soldados texanos, as enfermeiras perguntaram a Viktor o que ele pensava fazer para se vingar. Ele respondeu: "Uma baronesa católica arriscou a vida escondendo meu primo em seu apartamento [...], um prefeito socialista que eu nem conhecia me passava escondido comida roubada. [...] o chefe do campo, um SS que era médico, ia à farmácia da aldeia para comprar com seu próprio dinheiro remédios para os deportados doentes... quando os soldados americanos chegaram, nós o escondemos para evitar uma prisão brutal".[226]

Em 1946, a atitude dos deportados que protegiam alguns nazistas provocou a indignação das associações francesas e austríacas que cuidavam dos sobreviventes. "Todos os alemães são culpados", eles diziam, "porque eles provocaram uma guerra mundial com cinquenta milhões de mortos, ruínas e sofrimentos infinitos." Viktor respondia: "Não existe culpa coletiva, um grande número de alemães se deixou levar por uma corrente de ideias que eles não souberam controlar". Alguns conseguiram nadar em sentido contrário, mas quando há redemoinhos é difícil não se deixar levar por uma doxa potente, estruturada por estereótipos. É difícil julgar quando uma comunidade repete frases criminosas que se interiorizam na memória a ponto de se tornarem crenças indiscutíveis.[227] O enunciado que afirma: "Os alemães são culpados de ter provocado a Segunda Guerra Mundial", se torna por sua vez matriz de

---

226. Ibid., p. 100-103.
227. S. Sloman; P. Fernbach. *The Knowledge Illusion*. Nova York: Riverhead Books, 2017.

conformismo. O pensamento preguiçoso só granjeia amigos que dizem a mesma coisa, o que impede a verdade, que necessariamente tem matizes.

Viktor Frankl tem uma atitude mental próxima da de Hannah Arendt, que explica não amar os povos, entidade heterogênea, mas uma pessoa, qualquer que seja seu povo. O que vale para uma coletividade não vale para os indivíduos que compõem essa coletividade. Havia brutos e sádicos entre os nazistas, mas também havia intelectuais apartados da realidade sensível, tão submetidos a suas representações que se tornaram capazes de cometer os piores crimes.[228] Pouco se falou dos alemães que não se deixaram levar pela corrente de ideias prontas, vimos principalmente aqueles que se deixaram arrastar por ideias de grandeza, pureza e felicidade, sem imaginar suas consequências criminosas. Imagens muito claras monopolizaram as mídias: as multidões milimetricamente enfileiradas, os capacetes, os fuzis, a marcha que mecaniza as almas e ordena a massa que obedece como um só homem a um líder extático.

Assim que Viktor retorna a Viena, ele se preocupa com o paradeiro do professor Pötzl. Ele o encontra no dia em que descobre que sua mulher não voltará dos campos. E é no ombro de seu professor nazista que ele derrama sua dor. Em 1924, Hannah Arendt, aos dezoito anos, fica encantada com o professor de filosofia Martin Heidegger, de 34 anos. Eles são jovens e gostam de exercitar o pensamento. Eles se apaixonam e se cercam de um pequeno grupo com

---

228. C. Browning. *Des hommes ordinaires: le 101ᵉ bataillon de réserve de la police allemande et la solution finale en Pologne*. Paris: 10/18, 1996.

a presença de Herbert Marcuse, Leo Strauss e Hans Jonas, todos judeus. As perseguições antissemitas obrigam Hannah Arendt a fugir da Alemanha, enquanto Heidegger obtém um cargo no comitê central do partido nazista. Depois da guerra, em 1964, os ex-apaixonados se encontram e Hannah escreve: "O pensamento voltou a viver".[229] A filósofa já não está apaixonada, mas ainda admira a filosofia de Heidegger. Então ela faz com que ele seja traduzido nos Estados Unidos. Na mesma época, Viktor se faz fotografar na biblioteca de Heidegger, e o filósofo está sorridente e orgulhoso com a visita do brilhante psiquiatra.[230]

Como ter ideias claras depois disso? Toda clareza esquematiza o mundo mental. O mundo íntimo é composto de milhares de pulsões desordenadas que nossas representações ordenam numa faxina intelectual. Essa redução cria uma coerência necessária e abusiva. Sempre me perguntei por que, na sinagoga onde fui preso, guardei na memória a imagem do soldado de uniforme preto que decidiu vir em minha direção para me mostrar a fotografia de seu filho. Ele queria me falar de seu filho, com quem eu provavelmente me parecia. Mas por que guardei na memória essa cena, e nada dos tiros de fuzil até hoje visíveis nos pilares da arca? Por que tanto amei Émile, que em 1948 aceitou ser meu tutor substituto e me possibilitou encontrar um pedaço de família? Hoje penso que gostava da ideia que eu fazia

---

229. A. Grunenberg. *Hannah Arendt et Martin Heidegger. Histoire d'un amour*. Paris: Payot, 2009. [Em português: *Hannah Arendt e Martin Heidegger. História de um amor*. Tradução de Luís Marcos Sander. São Paulo: Perspectiva, 2019.]
230. V. E. Frankl. *Recollections: An Autobiography*, op. cit., p. 114.

daquele homem porque ela revelava o que eu queria me tornar: alegre, forte, cientista e viajante. Essa imagem revelava minhas aspirações infantis. Há alguns anos, descobri que ele lia *Gringoire*, jornal maurrassiano, e que antes da guerra militava num movimento antissemita. Não sofri porque eu estava siderado, anestesiado, *nocauteado*. Ouvi sem emoção um enunciado impensável. Quando a reflexão voltou a minha mente, entendi que foi graças a suas relações que ele pôde convencer os membros da Gestapo a ir embora sem prender Dora, a irmã de minha mãe, que eles tinham ido buscar.

Como ter as ideias claras depois de uma experiência dessas? Claude Berri, o cineasta, se inspirou numa situação análoga que ele viveu durante a guerra, quando foi escondido na casa de um camponês antissemita. O sujeito não parava de resmungar contra a invasão judaica.[231] O menino não podia dizer seu nome, Claude Langmann, que teria revelado sua condição judaica e o teria condenado à morte. Então, como gostava bastante de seu "vovô", ele brincava de contradizê-lo. Ele o encorajava a expressar seu afeto, depois o fazia dizer que nunca poderia amar um judeu. Bastaria a confissão "eu sou judeu" para que o amor se extinguisse? Um simples enunciado poderia, de uma só vez, romper um laço afetivo? Estamos a esse ponto submetidos à verbalidade? Com a Libertação, o pétainismo se desfez e o garotinho judeu muito consolou seu vovô antissemita.

Muitas crianças escondidas teciam laços de apego com os camponeses que os protegiam, até o dia em que

---

231. Claude Berri. *O velho e o menino*. Filme, 1967.

o gentil avô se enfurecia contra os judeus "causadores da guerra" ou responsáveis pela penúria alimentar. O fato do laço de apego se tecer na realidade não impede a submissão a representações fora da realidade. A simples articulação da palavra "judeu" faz um recorte numa realidade heterogênea. Havia ricos, pobres, vigaristas e alguns judeus antissemitas. Quando Xavier Vallat foi nomeado diretor do comissariado de questões judaicas, em 1941, ele teve muita dificuldade de definir o judeu: "Uma pessoa é judia quando tem três avós judeus, batizados ou não".[232] Dizer que somos judeus porque temos pais judeus não diz o que significa ser judeu. Tanto que há mil maneiras de ser judeu. "Os georgianos, caraítas, jugutis, subotniks, ismaelitas, são judeus ou não?... Os georgianos seguem a Torá mas não o Talmude... Vichy os considera judeus, mas os nazistas não."[233] No entanto, assim que a palavra é carimbada numa carteira de identidade, ela se torna um passaporte para Auschwitz.

 Há de fato um momento em que é preciso decidir carimbar ou não. A ação dessa palavra sobre o real produzirá destinos opostos, a morte ou a vida. Uma palavra que designa não se sabe o quê. Alguns se submetem a essa injunção verbal, enquanto outros hesitam ou se opõem a ela. Os que carimbam odeiam os judeus? O policial que prende o portador de uma carteira de identidade que condena à morte não conhece a pessoa que ele prende, e tem uma vaga ideia dos motivos daquela prisão. Ele não precisa saber, aliás. Ele obedece a um enunciado do qual ignora o

---

232. C. Callil. *Bad Faith: A Story of Family and Fatherland*, op. cit., p. 236.
233. Ibid., p. 236.

motivo. Alguns fingem não ver o carimbo e fazem um sinal para o portador da carteira de identidade sumir. Outros avisam que uma operação seria ordenada e que eles teriam que voltar algumas horas depois, dessa vez de uniforme, obrigados a obedecer. Os que mantiveram uma pequena liberdade interior correram riscos, embora fosse mais fácil se submeter a uma injunção verbal que eles não precisariam julgar. Esses "recusantes"[234] são feitos de um material diferente? Os "aceitantes" são fanáticos, submissos, obedientes ou não estão nem aí?

Apego e razões

Várias abordagens científicas tentaram responder a essas perguntas. Estudos experimentais inspirados na teoria do apego avaliam que "os seguros têm uma grande flexibilidade nas representações".[235] Ao receber uma ordem, eles se concedem um breve instante para avaliar e julgar o que lhes é pedido. Eles obedecem na maior parte do tempo, porque isso permite a ordem social, mas às vezes eles não se sentem no direito de obedecer. Se um médico recebesse uma diretiva do ministério da Saúde que lhe dissesse para prescrever cianeto na mamadeira dos recém-nascidos, para regular o excesso de nascimentos, ele deveria obedecer? Ele sentiria uma incapacidade moral de obedecer? Aconteceu-me, como

---
234. P. Breton. *Les Refusants*. Paris: La Découverte, 2009.
235. T. Gil Rodriguez. *L'influence de l'accompagnement de l'adulte... en situation non professionnelle*. Trabalho de conclusão de curso, diploma universitário, Toulon, set. 2021.

a muitos médicos da região de Var, de receber uma carta de um político que, estimando haver licenças de trabalho demais, pedia o envio de uma cópia do atestado de licença junto com a motivação médica. A maioria dos médicos, indignada, quis ir às ruas para se manifestar. Fui um daqueles que leu a carta, colocou-a cuidadosamente no lixo e não mudou nenhum de seus hábitos. Em condições mais trágicas, durante a Segunda Guerra Mundial, Chérif Mécheri, prefeito muçulmano do governo de Vichy, recebeu ordens de redigir uma lista dos judeus que viviam na região de Limoge, a fim de preparar uma operação: ele não disse nada e não fez o que lhe pediam, impossibilitando a operação.[236]

Como explicar que alguns de nós, qualquer que seja seu nível de instrução ou sua cultura, se submetam tão facilmente a um documento administrativo que lhes pede para organizar a morte de milhões de pessoas, enquanto outros são incapazes de executar uma ordem que os teria feito morrer de vergonha, preferindo correr o risco de não obedecer? Onde está o mal em tudo isso? Hannah Arendt dizia que o mal não pode ser radical porque ele não tem raízes.[237] Quando Eichmann, como todos os genocidas, disse "Não fiz mais que obedecer", ele disse a verdade. Mas isso lhe permitia omitir que seguia ordens que satisfaziam seus próprios desejos. Foi por antissemitismo que ele se alistou nas SS, e seu zelo o levara a um cargo de responsabilidade na perseguição aos judeus. O contrassenso sobre a "banalidade do mal" vem da discordância entre o estereótipo do grande

---

236. B. Cyrulnik; J. Lenzini. *Chérif Mécheri, Préfet courage sous le gouvernement de Vichy*. Paris: Odile Jacob, 2021.
237. "Radical" vem de "radicalis", que significa "relativo à raiz".

criminoso e a burocracia da perseguição. Esperávamos encontrar um assassino majestoso, um monstro na forma de um belo oficial da SS, severo e cruel, e nos deparamos com um pequeno funcionário dentro de um cubículo, que não parava de escrever e argumentar nos mínimos detalhes. Mas esse sujeito empunhara uma arma temível, uma caneta que realizara os sonhos de esterilização, recuperação de bens, encarceramento, exílio e deportação de oitocentos mil judeus. Eichmann, como vários outros, realizara seu desejo de destruição no dia a dia, sem ênfase, assinatura após assinatura, como um pequeno funcionário zeloso. Durante seu processo, ele não mudou de comportamento, tomava notas em pedaços de papel e argumentava sobre as ideias de Léon Poliakov, que acabara de criar, com Raymond Aron, o Centro de Documentação Judaica Contemporânea. Eichmann falava sem emoção uma linguagem técnica, como se estivesse lendo o manual de instruções de uma máquina de lavar.[238] Aquele que tem a afetividade entorpecida a esse ponto se submete com facilidade a entidades verbais invisíveis: "o judeu, o eslavo, o negro". A palavra deixa de designar uma pessoa viva, ela se refere à ideia que o perseguidor faz sobre ela. "Existem poderes e forças que são mais fortes que a vontade do indivíduo."[239] É o que sentimos quando nos deixamos possuir por uma pressão externa, uma narrativa sem raízes que nos leva a renunciar com felicidade a toda

---

238. P. E. Sifneos. "The prevalence of 'alexithymic' characteristics in psychosomatic patients". *Psychother. Psychosom*, 1973, 22 (2), p. 255-262.

239. F. Théofilakis. "Adolf Eichmann à Jérusalem ou le procès vu de la cage de verre (1961-1962)", *Vingtième siècle. Revue d'histoire*, 2013, 4 (120), p. 71-85.

liberdade interna. Eichmann, "vazio de todo pensamento", como dizia Arendt, usava frases confeccionadas por um clã que jogava dados, esquecendo que lidava com seres humanos. Para não se deparar com uma verdadeira alteridade, Eichmann, ao longo de todo o processo, nunca olhou para uma testemunha nos olhos, pois teria se deparado com um homem e talvez tivesse dificuldade de assinar sua condenação à morte? Os papéis administrativos não falavam em "morte", eles usavam o eufemismo "deportação". Para cumprir o programa de extermínio que tornava Eichmann feliz, era preciso desencarnar as relações.

Quando Primo Levi chega em Auschwitz, ele fica atônito com o que vê: coisas por toda parte! Coisas materiais, úmidas, andrajosas, cabanas de madeira, fileiras inertes, e coisas humanas espalhadas no chão, cadáveres descarnados, perambulando como máquinas. De repente, ele reconhece entre os guardas da SS um colega químico que conhecera num congresso antes da guerra. Finalmente, uma relação humana! Ele se aproxima para lhe dizer algo, mas o SS desvia o olhar e olha para cima para não precisar vê-lo. Evitando o olhar do outro, o guarda efetua seu trabalho de morte com mais facilidade. O outro precisa não ser um homem para que eu possa matá-lo sem culpa.[240]

Vivi a mesma situação em 1944, quando fui preso. A imagem traumática dos três ou quatro homens que cercavam minha cama lancinava minha memória: óculos escuros, à noite? Dei sentido a essa imagem dizendo para mim mes-

---

240. P. Lévi. *Si c'est un homme*. Paris: Robert Laffont, 2017. [Em português: *É isto um homem?* Tradução de Luigi Del Re. Rio de Janeiro: Rocco, 2013.]

mo que eles não queriam ser reconhecidos pelos vizinhos. Acreditei nisso por muitos anos porque essa explicação dava coerência àquele fato inverossímil. Mas quando li Primo Levi entendi que os óculos escuros à noite serviam para não cruzar com meu olhar de criança. Quando uma operação ocorre às cinco horas da manhã, não há vizinhos na rua. No corredor, os soldados alemães olhavam para o teto. Se eles tivessem olhado para mim, teriam visto um garotinho de seis anos, buscado para ser enviado à morte. Quando se recebe a ordem de matar, melhor evitar qualquer contato humanizante para obedecer com tranquilidade.

As narrativas têm o poder de moldar as emoções. Elas podem entusiasmar, indignar, angustiar e mesmo erotizar o ódio. A aventura cultural dos *Protocolos dos sábios de Sião* ilustra essa ideia. Trata-se de uma obra ficcional realizada pela polícia do czar, onde vemos os judeus conquistando o mundo. Eles colocam seus dedos e seus narizes aduncos no planisfério terrestre e chamam o rei dos judeus de "papa do universo". A obra teve grande sucesso na Alemanha, porque permitia aos arianos loiros verem a raça superior injustamente privada da dominação por judeus velhacos e onipotentes. O ódio se tornava prazer quando provocado por aquela encenação. A obra não designava nada de real, apenas um "mal sem raízes", como dizia Arendt, mas ela dava forma à indignação virtuosa que legitimava a violência antissemita: "Eles detêm o mundo, eles entravam nosso desenvolvimento, eles são a causa de nosso sofrimento e nós não dizemos nada! Às armas! Quebremos suas vitrines, queimemos suas sinagogas!".

Alguns anos depois do fim da guerra, quando a França teve menos necessidade de negação para se proteger, a cultura ousou abrir os olhos e se perguntar como seres humanos tinham realizado aqueles crimes, voltado para casa, para suas vidas de família, e trabalhado para reconstruir a sociedade. A explicação mais rápida foi: "Os nazistas são doentes mentais... monstros... bárbaros". Esses enunciados claros demais interrompiam o pensamento com uma palavra. A constatação não foi fácil, pois estávamos muito desnorteados por fatos impensáveis. Quando descobrimos que Hannah Arendt voltara a ver Heidegger e facilitara a tradução de sua obra nos Estados Unidos, que Viktor Frankl escondera o professor Pötzl para protegê-lo do julgamento dos Aliados, a fúria foi a reação habitual. Se o mal estava do lado nazista, as vítimas eram inocentes, necessariamente. Era justo agredir os perseguidores, era escandaloso tentar compreendê-los.

A coleta de dados matiza as certezas. Não é raro ver fanáticos exaltados incapazes de passar à ação, ao passo que, por outro lado, vimos simpáticos vizinhos entrarem na casa da pessoa que a polícia prendeu para pegar sua torradeira. "Não é roubo", eles diziam, pois a arianização dos bens judeus, aplicada na Alemanha em 1940, foi oficializada na França em 1941.[241] "Na população dos perseguidores, encontramos grandes intelectuais, psicopatas, delinquentes e um grande número de homens comuns."[242] Disseram que para ser um assassino em série era preciso ser um doente

---

241. J.-M. Dreyfus. "L'aryanisation' économique et la spoliation pendant la Shoah". *Revue d'histoire de la Shoah*, 2007, 1 (186), p. 15-41.
242. R. Rechtman. *La Vie ordinaire des génocidaires*. Paris: CNRS Éditions, 2020, p. 24.

mental, mas a maioria "dos assassinos em série não manifestam nenhuma patologia mental e se revelam homens comuns".[243] Tive a ocasião de conhecer Robert Hébras, um dos sete sobreviventes do massacre de Oradour-sur-Glane. No dia 10 de junho de 1944, a divisão Das Reich reúne 643 habitantes da aldeia e os faz aguardar na praça. O padeiro protesta porque seu pão vai passar do ponto, as mulheres se preocupam, as crianças se impacientem, os soldados os fazem entrar na igreja e, sem causa imediata, sem explicação, a incendeiam. Esses soldados foram anistiados porque quase todos eram "malgré-nous", franceses alsacianos incorporados à força ao exército alemão. Xavier Vallat disse que "é culpa da população francesa, se ela tivesse obedecido, não teria havido massacres". Em 1953, o processo, levado a Bordeaux, condena um único alsaciano engajado voluntariamente entre os SS.[244] Robert Hébras fica atônito quando reconhece um dos incendiários. Bem-vestido, respondendo calmamente, ele fora honrado pela coragem que manifestara no trabalho de reconstrução da França.

O pensamento fácil – Deus e o Diabo, o Bem e o Mal – não funciona. Num mesmo homem, existem pulsões contrárias: a raiva de destruir e a coragem de reconstruir. É por empatia que Himmler ordena a construção das câmaras de gás. Quando ele viu o mal-estar de seus soldados, pálidos de angústia e obrigados a beber para ter força de metralhar

---

243. D. Zagury. *La Barbarie des hommes ordinaires*. Paris: Éditions de l'Observatoire, 2018.
244. M. Follin; M. Wilmart. *Oradour*. Documentário. Coprodução Conseil Général de la Haute-Vienne e FR3 Limousin-Poitou-Charentes, 1988.

mulheres nuas com seus bebês de colo, ele se apiedou e criou uma técnica para matar sem traumatizar os soldados. Quando a lobotomia foi inventada, os congressos falavam na técnica: deve-se fazer uma abertura frontal, introduzir uma agulha na abertura sub-orbital, injetar álcool, cortar com um bisturi? O sucesso técnico continha a empatia e impedia de ver que o preço humano era exorbitante, que a "cura" causava mais problemas que a doença. O gesto técnico, as ordens militares ou administrativas e o desejo de fazer direito ocupam o espaço psíquico. Não há debate, pois não há alteridade, apenas o gesto e a palavra contam. "A forma que toma vida na linguagem"[245] ilumina um segmento de mundo e apaga todo o resto. Vemos o gentil incendiário reconstruir a França, sofremos a dor dos SS que precisam fuzilar tantas mulheres, vemos a precisão do gesto técnico que corta um lobo pré-frontal. Já que não podemos ver todo mundo, reduzimos a visão aos fatos a que as narrativas nos tornaram sensíveis. "A guerra é assim", diz o tenente Calley depois de incendiar uma aldeia vietnamita onde só havia famílias sem armas.[246] Quando os homens comuns voltam à vida civil, eles só contam seus próprios sofrimentos, o calor tropical, o estresse, a morte dos camaradas. Eles se apresentam como vítimas e ficam indignados de não ser reconhecidos em sua própria cultura.[247] A monstruosidade seria banal, estaria dormitando no fundo de cada um de nós, para acordar sempre que nossa necessidade de pertencimento corre o

---

245. R. Rechtman. *La Vie ordinaire des génocidaires*, op. cit., p. 34.
246. Massacre de Mỹ Lai, Vietnã, 1968.
247. D. Peschanski; D. Maréchal (org.). *Les Chantiers de la mémoire, Bry-sur-Marne*. INA Éditions, 2013, p. 98-114

risco de ser dilacerada? Aceitaríamos obedecer a ordens monstruosas para evitar perder uma figura de apego? Nossa necessidade de afeto é tão vital que nos deixamos convencer por qualquer argumento que mantenha o laço. A ficção que possibilita isso não nos faz raciocinar, mas ajuda a nos manter unidos. Por isso precisamos de narrativas, de visões compartilhadas do mundo, ao qual damos uma aparência de racionalidade para defender ideias irracionais. O benefício é tão grande que preferimos as racionalizações que conferem verossimilhança a sentimentos que vêm não se sabe de onde. Quando a razão nos isola e nos dessolidariza, preferimos a racionalização que reforça o laço e nos faz sentir seguros. O que permite a sobrevivência é viver junto, não a busca da verdade. A cooperação controla o real, elimina os pontos perigosos e escolhe os fatores de proteção. Nossa razão serve acima de tudo para encontrar argumentos para enfrentar o real perigoso e suportar os fatos dolorosos.[248] Aquele (ou aquela) que não compartilha de nossas lutas e de nossas crenças nos vulnerabiliza. Ele se torna para nós um traidor ou um agressor que nos impede de nos defender. Essa falsa razão é uma verdadeira racionalização. Será essa a causa das guerras de crenças, que existem desde que o homem responde a representações? Tentando compreender o mundo mental do outro, abrimos nosso mundo mental, mas vulnerabilizamos nosso grupo. A racionalização, pelo contrário, reforça o laço, graças à repetição, ilusão do pensamento.

---

248. H. Mercier; D. Sperber. *L'Énigme de la raison*. Paris: Odile Jacob, 2021.

Anomia afetiva e verbal

Quando não há mais narrativas para organizar um grupo, a ausência de estrutura verbal cria uma anomia. Isso permite que o mais brutal imponha sua lei. São necessários enunciados para estruturar as relações e os sentimentos. Lembro-me da história de um jovem de dezessete anos. Ele convida um amigo para ir à sua casa, mas precisa se ausentar por algumas horas. Ao retornar, descobre o amigo na cama com sua mãe. Ele finge sorrir, mas aquilo provoca o divórcio de seus pais e o desorienta. Alguns meses depois, quando volto a vê-lo, ele me diz: "Minha mãe agora frequenta nosso grupo de amigos, mas não sei como me comportar. Ela ainda é minha mãe, a mulher de meu pai, ou uma amiga, mulher de meu amigo? Aquela foi uma aventura extraconjugal que feriu meu pai, ou um novo laço que devo aceitar? Não sei o que fazer, não sei o que pensar. Quem sou nessa nova relação? Não consigo me situar, não sei mais que comportamentos adotar". O enunciado é necessário para estruturar um grupo, mas ele varia segundo as culturas. O incesto é um tabu universal, mas é enunciado de maneira diferente em cada cultura.[249] No Ocidente, hoje, temos a tendência de pensar que o interdito se refere aos pais biológicos, mas nem sempre foi assim. Há duas ou três gerações, uma relação sexual entre um padrinho e sua afilhada era considerada um incesto espiritual, uma grave transgressão penalizável. Entre os baruias da Nova Guiné, há uma lei que

---

249. M. Godelier. *L'interdit de l'inceste à travers les sociétés*. Paris: CNRS Éditions, 2021.

diz que todos os homens do lado do pai e todas as mulheres do lado da mãe são pais, portanto sexualmente proibidos. Uma mulher de trinta anos que tivesse relações com um adolescente de quinze anos seria considerada incestuosa. O interdito, proclamado e institucionalizado em toda parte, permanece praticado porque nem todos percebem esse enunciado da mesma maneira. Hoje, não chamamos mais incesto um encontro sexual entre primos. A palavra, cheia de consequências sociais e psicológicas, designa relações entre parentes muito próximos (pai-mãe-filhos). Mas por algumas gerações, nas famílias várias vezes reformuladas, o enunciado não designa com tanta clareza quem é o pai. Será o amante que gerou a criança? Será o segundo ou terceiro padrasto? Será a avó, que faz as vezes de pai quando a mãe solo cria os filhos com a própria mãe? Será a companheira de uma mulher homossexual que teve a criança?

Quando a violência da cultura deu o poder aos homens, utilizando suas próprias violências, foi preciso afirmar a paternidade, tão grande era esse encargo. A virgindade das mulheres é que designava o pai. "Já que minha mulher era virgem na noite do casamento, e já que a sociedade a fechou em casa para servir ao marido e aos filhos, tenho certeza de ser o pai." As mulheres pagaram pela certeza da paternidade, que também custou muito caro aos homens. Já que é o pai, você precisa aceitar qualquer trabalho e dar todo seu salário à sua mulher. Conheci muitos estudantes de medicina que, depois de engravidarem a companheira, largaram os estudos e aceitaram qualquer trabalho. Hoje se fala muito dos quatro mil homens que todo ano são condenados a ser pais. O DNA se tornou a assinatura da paternidade e não mais a virgindade da mãe. Os homens são condenados a pagar uma pensão à aventura de uma noite, o que é legítimo, mas eles nunca serão pais. Eles não entendem esse enunciado, eles não se sentem "pais", apesar da confirmação do DNA.

    O conhecimento abstrato não traz segurança quando não temos controle da realidade. Ele pode inclusive criar um momento de vulnerabilidade que encoraja a submissão àquele que sabe. Nos anos 1970, começamos a descrever as estenoses da carótida, fontes de embolias cerebrais. As publicações médicas nos aconselhavam a pedir à família que escolhesse entre a abstenção e a intervenção, cujos resultados eram incertos na época. As famílias muito angustiadas com essa escolha e com essa responsabilidade num problema que elas não controlavam, se tornavam agressivas e nos acusavam de não assumir nossa responsabilidade. Nós nos sentimos melhor quando obedecemos àquele que sabe, mas também nos sentimos melhor quando obedecemos àquele que diz saber.

    O homem não é senhor de seu mundo psíquico. Desde Freud sabemos que o inconsciente nos governa, e com a neurociência sabemos que aquilo que esculpe nosso cérebro e estrutura nossas pulsões está impregnado em nossa memória pelas pressões do meio. Trata-se de uma transação entre o que somos e o que está a nosso redor. Há um primeiro período particularmente sensível durante os primeiros mil dias[250], um segundo durante a poda sináptica da adolescência e, para as mulheres, uma mudança

---

250. J. Smith (org.). *Le Grand livre des 1000 premiers jours de vie*. Paris: Dunod, 2021.

suplementar durante a primeira gravidez.[251] O que significa dizer que a tendência à submissão que constatamos nos períodos de vulnerabilidade não se localiza no psiquismo do sujeito, mas tem raízes externas, nos três nichos – biológico, afetivo e verbal – em que todo sujeito está imerso. Quando o meio inicial é empobrecido, adquirimos uma falta de autoestima que nos vulnerabiliza. Então, basta uma mínima desorganização social para ativar nossa necessidade de dependência. Em sentido inverso, quando o sujeito se beneficia dos três nichos, fatores de proteção são impregnados em sua memória. Tendo adquirido uma estabilidade emocional, ele depende menos das pressões externas, ele precisa menos do efeito seguro da autoridade. Por isso os assassinos não são caracterizáveis por uma estrutura psicológica. Com exceção da esquizofrenia, dos surtos delirantes ou das intoxicações cerebrais que fazem perder todo o livre-arbítrio, a imensa maioria dos assassinos têm uma estrutura psicológica que se situa dentro do leque da normalidade. Um homem normal pode matar sem contenção nem culpa quando uma desorganização social o vulnerabiliza e o torna dependente da autoridade de outro.

As massas são cegas quando seu ambiente mal estruturado as torna vulneráveis. Quando a incerteza as perturba, elas aspiram a se submeter a um líder, um salvador, um herói ou um guru. Os homens e as mulheres que se deixam levar raramente são sádicos, monstros ou débeis. Todos

---

251. E. Hoekzema, C. Tammes, P. Berns, E. Barba-Müller. "Becoming a mother entails anatomical changes in the ventral striatum of the human brain that facilitate its responsiveness to offspring cues". *Psychoneuroendocrinology*, 2019, 112, art. 104507.

os níveis intelectuais e educativos participam do crime de massa, mas todos se submetem a uma representação que descreve um inimigo de onde o mal vem como uma mancha ou como um câncer que precisa ser eliminado pela higiene. Quando habitamos exclusivamente nesse mundo sem raízes, torna-se moral limpar as fontes de infecção, os insetos prejudiciais e os doentes mentais, vidas sem valor que custam inutilmente caro.

Submeter-se à autoridade

Sinto-me pouco à vontade ao escrever essas linhas, tenho dificuldade de aceitar a ideia de que eu também poderia me tornar um carrasco insensível ou de que eu poderia cometer crimes com um canetaço. Eu não! No entanto, lembro-me que no PCB[252] eu não consegui abrir o ventre de uma cobaia presa a uma prancheta. Soltei o bisturi e uma jovem professora de biologia me explicou que, se o animal gritasse, não queria dizer que estava sofrendo, pois "quando a bicicleta range você não pensa que ela está sofrendo". Aquela gentil bióloga tinha aceitado totalmente a ideia do animal-máquina. Ela não era nem sádica nem imbecil. Alguns anos depois, ao fim de meus estudos, quando precisei aprender a dar pontos de sutura, professores que eu admirava me explicaram que não devíamos aplicar anestesia, nem mesmo local, porque isso modificava os sintomas e corria-se o risco de não ver as

---

252. PCB, physique, chimie, biologie: física, química, biologia. Antigo ano preparatório para a faculdade de medicina.

complicações, o que é totalmente verdade. Aprendi, então, a dar pontos de sutura muito rápido, para fazer as crianças sofrerem menos. Mas elas sofriam! A neuroimagiologia hoje fotografa como um vestígio doloroso modifica o funcionamento cerebral. Sou obrigado a reconhecer, portanto, que me submeti à autoridade de meus professores porque eu os admirava, porque eu não tinha nenhum conhecimento e porque eu não era capaz de independência mental. Eu estava começando, não sabia fazer nada e admirava os que sabiam. Sem possibilidade de nuança, eu me submetia a um enunciado que torturava as crianças. Sendo inferior, porque eu tinha tudo a aprender, eu me tornava "sobrenormal"[253], o que cessava minha empatia. Eu sorria, falava com gentileza às crianças a quem acabava de machucar, em nome de um princípio superior que eu não era capaz de contestar. Minha ignorância, tornando-me vulnerável, me submetia a uma autoridade que eu aceitava e inclusive desejava. Eu não sentia a menor culpa porque a representação que eu tinha do ponto de sutura era útil e moral: "É para o seu bem que lhe faço mal". Hoje, uma enfermeira pega uma compressa, derrama sobre o corte um pouco de líquido anestesiante e, alguns minutos depois, costuramos a pele, conversando com a criança. Minha ignorância me submetera a uma autoridade que supostamente sabia.

Vinte anos depois da Segunda Guerra Mundial, um jovem filósofo, Stanley Milgram, fez uma experiência mil vezes citada, para tentar resolver o seguinte enigma: "Somos todos capazes de obedecer a uma ordem de assassinato, com

---

253. D. Zagury; F. Assouline. *L'Énigme des tueurs en série*. Paris: Plon, 2008.

plena consciência dos fatos?".[254] O dispositivo experimental era o seguinte: pessoas eram convidadas a participar de um estudo que queria demonstrar como a punição podia melhorar o aprendizado. "Professores" convidados deviam dar choques elétricos de intensidade crescente, de 45 a 450 volts, sempre que o "aprendiz" cometia um erro. Não havia, é claro, choque elétrico, uma luz se acendia num painel que designava a suposta intensidade do choque e um ator simulava o sofrimento correspondente à descarga elétrica: primeiro um pequeno gemido, depois dores e gritos que cresciam com a intensidade do choque. O resultado desse experimento foi que 65% dos "professores" não hesitavam em enviar descargas torturantes para que o aluno aprendesse melhor. Havia inúmeras variáveis que modificavam esses resultados: a proximidade da figura de autoridade, os símbolos indumentares ou o gênero do experimentador, mas, no conjunto, os que aceitaram enviar choques torturantes não eram mais agressivos que os 35% que tinham se recusado a cumprir o "contrato" porque o "aprendiz" demonstrava sofrimento demais. O que explicava essa obediência excessiva era a submissão a uma autoridade moral. Milgram estimava ter assim provado a expressão de Hannah Arendt, descrevendo a "banalidade do mal" com que ela explicara o comportamento de Eichmann durante o processo de Jerusalém. A experiência de Milgram serviu para explicar o massacre de Mỹ Lai, no Vietnã, o extermínio dos índios da América e a escravidão negra, em que vinte

---

254. S. Milgram. *Obedience*. Filme, 1965 (disponível na New York University Film Library). S. Milgram, *Obedience to Authority: An Experimental View*. Nova York: Harper and Row, 1974.

milhões de pessoas foram privadas de liberdade, vendidas e torturadas para que o preço do açúcar não subisse! Quando Jean-Léon Beauvois repetiu a experiência[255], sugeri-lhe que se interessasse pelos que tinham desobedecido. A taxa de obedientes superou os 80% porque ele dissera às pessoas que enviavam choques que se tratava de um jogo para a televisão, considerado menos grave. Alguns tinham tido dificuldade de obedecer: "Eu me forço a enviar um choque, mas vejo que isso lhe causa dor". Uma participante confessou: "Não posso apertar o botão que o faz sofrer". Alguns, acostumados à rebelião, apenas disseram: "Contrato ou não, não vou fazer isso". Qualquer que seja a encenação e o dispositivo de observação, os obedientes sempre são majoritários, o que é um sinal de integração social. Obedecemos primeiro à mãe, porque ela nos protege e queremos ser amados. Depois obedecemos à escola, para obter um diploma que nos socializará. Obedecemos ao exército, para defender a França, obedecemos às regras de não passar no sinal vermelho e de pagar os impostos. A desobediência em todas essas situações é o sintoma de uma socialização difícil. A idade do "não", no final do segundo ano de vida, revela o prazer de autoafirmação, mais do que de rebelião[256], e a oposição frequente dos adolescentes atesta seu desejo de independência, prova de bom desenvolvimento.

---

255. Léon Beauvois, consultor científico do documentário de C. Nick, T. Bornot, G. Amado, A.-M. Blanc. *Le Jeu de la mort*. France Télévisions e Radio-Télévision Suisse, 2009.
256. J.-L. Pedinielli. "Non". *In*: D. Houzel; M. Emmanuelli; F. Moggio. *Dictionnaire de psychopathologie de l'enfant et de l'adolescent*. Paris: PUF, 2000, p. 456. [Em português: *Dicionário de psicopatologia da criança e do adolescente*. Forte da Casa (Portugal): Climepsi, 2004.]

O interdito é necessário para uma boa socialização. Ele é uma estrutura afetiva que nos permite controlar nossas pulsões. O simples fato de não nos permitirmos tudo abre espaço para o outro e nos ajuda a viver juntos sem violência. Os enunciados aos quais é moral obedecer diferem segundo as culturas. Quando, na época de *Sapiens*, vivíamos em grupos de cinquenta pessoas, bastava obedecer a um velho sábio ou a uma velha de trinta anos para que o grupo se coordenasse. Quando a civilização se tornou mais complexa, os enunciados se tornaram potentes. O papa Urbano II, em 1095, pronunciou o apelo de Clermont, que desencadeou a primeira cruzada para recuperar o túmulo de Cristo roubado pelos árabes. Quando os aristocratas, por mais de mil anos, tentavam se apoderar das terras dos rivais, eles faziam da fidelidade um argumento moral, a fim de submeter de maneira duradoura os vassalos ao líder. Quando a pátria esteve em perigo, em 1792, foi preciso obedecer à Revolução e fazer em Valmy o primeiro grande massacre de um exército popular. Hoje, é a ciência que fornece uma importante fonte de enunciados, aos quais é preciso obedecer para se proteger e estruturar a sociedade.[257]

Quando Hannah Arendt fala da "banalidade do mal" e Stanley Milgram confirma experimentalmente essa expressão, talvez eles estejam apenas destacando a importância da obediência na função social? Estamos errados em

---

257. L. Bègue; K. Verizian. "Sacrificing animals in the name of scientific authority: The relationship between pro-scientific mindset and the lethal use of animals in biomedical experimentation". *Personality and Social Psychology Bulletin*, 2021. Doi.org/10.1177/01461672211039413.

procurar dentro do indivíduo as qualidades necessárias para a obediência e, quando o enunciado é diabólico, os méritos da desobediência? De todo modo, a maioria obedecerá. É no enunciado sociocultural exterior ao sujeito que se deve buscar a fonte do Bem, tanto quanto a do Mal. Durante a Segunda Guerra Mundial, aldeias inteiras não se submeteram à doxa antissemita que governava a França de Vichy. Populações de vários milhares de habitantes abrigaram, alimentaram e protegeram milhares de judeus que fugiam das perseguições nazistas. Os moradores de Chambon-sur--Lignon, na Haute-Loire, de Dieulefit, no Drôme, e de Moissac, no Tarn, não denunciaram um único judeu, enquanto em Paris ou nas grandes cidades a denúncia era uma virtude que purificaria a França. Um fenômeno análogo acontece hoje quando constatamos que as hospitalizações forçadas dos doentes mentais perigosos acontecem sobretudo nas grandes cidades. Nas aldeias, vamos à escola com o doente agitado e temos menos medo, entramos em comunicação real com ele, escapamos da doxa. Clara Malraux e Edgar Morin foram protegidos em Pechbonnieu, na Haute-Garonne, antes de se juntarem à Resistência ativa. Em Moissac, era com o conhecimento de toda a população que as crianças judias iam à escola em fila, saindo das instituições judaicas que as educavam em plena guerra. Em Dieulefit, onde a população elegera um prefeito pétainista, a recitação antissemita e as leis antijudaicas de Pétain não tiveram nenhum efeito. A banalidade do bem das aldeias se opunha à banalidade do mal das grandes cidades?[258] Numa aldeia em que o herói se chama "Senhor e Senhora Todo Mundo", as pessoas se amam e discutem na vida real.[259] Numa situação de superpopulação, não podemos conhecer sensorialmente todos os nossos vizinhos, só podemos imaginá-los. Nesse caso, é a representação do real que governa os sentimentos, então a doxa toma o poder.

Os heróis salvadores, os Justos, têm o estofo do Bem e os canalhas denunciadores têm o estofo do Mal? Ou eles estão imersos em narrativas diferentes, em que a maioria só quer acreditar? Em Chambon, os moradores desobedeceram ao nazismo ou foram seduzidos por duas grandes personalidades que eles precisaram admirar? Desde 1940, os pastores André Trocmé e Édouard Theis despertavam a estima dos moradores, que os seguiram. Cinco mil refugiados, dentre os quais 3.500 judeus, foram acolhidos e protegidos nessa aldeia. Os moradores não eram resistentes armados, mas pessoas que, numa situação social de vulnerabilidade, foram revalorizados por dois pastores admirados. Enunciados deram uma forma verbal a um sentimento que eles sentiam profundamente. Quando um antissemita diz: "Auschwitz nunca existiu, é uma invenção dos judeus para traficar seu ouro", ele é de fato antissemita ou só está submetido a uma representação verbal que o fez pensar que não seria enganado. "A mim não me enganam... despistei o complô."

---

258. F. Rochat; A. Modigliani. "The ordinary quality of resistance: From Milgram's laboratory to the village of Le Chambon". *Journal of Social Issues*, 1995, 51 (3), p. 195-210.
259. V. Portheret. *Vous n'aurez pas les enfants*. Paris: XO Éditions, 2020 (a respeito do salvamento de crianças judias em Vénissieux).

Ouvi essa frase dita por um jovem professor de psiquiatria que me queria bem, quando visitei sua cidade. Esse jovem simpático não era antissemita, mas se deixara levar por uma frase feita, uma narrativa sem raízes, uma afirmação categórica que lhe dava uma visão clara do mundo. "Colocar em palavras uma compreensão súbita"[260] evitava o trabalho do pensamento e dava uma ilusão de compreensão, como uma súbita revelação. É fácil, rápido, sem esforço, mas é uma revelação delirante, como a do psicótico que afirma: "É preciso ser louco para não ver que sou o imperador Napoleão". Eichmann apenas obedeceu às ordens do chefe, que lhe permitiam realizar seus sonhos de extermínio dos judeus. Mas de onde vinham seus sonhos? De um alfaiate judeu que lhe cobrara caro demais por um terno de má qualidade? De um filme em que se via um judeu de mãos crispadas agarrando um globo terrestre? Ou de um simples disse me disse que alimenta o prazer de ter um inimigo a odiar? Para que uma narrativa flutuante se instalasse na alma de Eichmann, ela precisava satisfazer seu desejo de ser um funcionário vingador. Para que o culto e cortês doutor Mengele realizasse sorrindo experiências de incrível crueldade em menininhas, ele precisou se submeter a representações indiscutíveis. Ao torturá-las, ele não via menininhas inofensivas, ele habitava plenamente sua representação de que crianças judias "não são seres humanos de verdade".

Essa discordância entre um mundo de percepções apagadas e de representações onipotentes pode ser explicada pelas descobertas recentes em neuroimagiologia, onde cada cérebro, esculpido por seu meio, revela um mundo diferente.

---

260. J. Darley. "Social organization for the production of evil". *Psychological Inquiry*, 1992, 3 (2), p. 199-218.

O século XX foi o século das duas guerras mundiais, dos genocídios armênio, judeu, cambojano, ruandês, e de inúmeros massacres étnicos na Iugoslávia, no Oriente Médio, sem contar as guerras civis e as matanças ideológicas e religiosas. Essas terríveis carnificinas aconteceram em pleno século de progressos científicos e de respeito aos direitos do homem. Duas pulsões contrárias, a maravilha e o horror, movem um mesmo indivíduo. É difícil explicar logicamente por que o nazismo se desenvolveu tão bem no povo mais culto do Ocidente, por que os tutsis foram massacrados por seus amáveis vizinhos, e por que 90% dos homens do 101º batalhão de reserva da polícia alemã, bem-educados e diplomados, se tornaram assassinos em série de crianças. Eles mataram 38 mil pessoas, e apenas 10% ousou fazer uso do direito que lhes era concedido de não matar.[261]

Glaciação afetiva

Itzhak Fried analisa esse fenômeno coletivo num quadro clínico que ele chama de "Síndrome E"[262]:

- Uma concepção obsessiva e acusatória de uma minoria se apodera da mente de indivíduos unidos por uma crença.

---

261. C. R. Browning. *Des hommes ordinaires. Le 101ᵉ bataillon de réserve de la police allemande et la solution finale en Pologne*. Paris: Les Belles Lettres, 1994.
262. I. Fried. "Syndrome E: Cognitive fracture in our midst". *In*: I. Fried; A. Berthoz; G. M. Mirdal (org.). *The Brains that Pull the Triggers: Syndrome E*. Paris: Odile Jacob, 2021.

- Uma certeza compartilhada não precisa de provas para desencadear uma violência irrefreável.
- No momento do assassinato, nota-se uma anestesia afetiva, embora se esperasse um furor mortífero.
- Os gestos do assassinato se repetem como um automatismo.
- Todas as capacidades intelectuais – inteligência, memória, palavras, raciocínios lógicos – se mantêm.
- Como nas desarmonias evolutivas, nota-se, numa mesma pessoa, a associação de capacidades maduras com regressões afetivas e comportamentais.

Ao longo do desenvolvimento de uma criança, a desarmonia é comum, pois nem todas as capacidades evoluem na mesma velocidade. A Síndrome E descreve adultos desenvolvidos em que, subitamente, um compartimento da personalidade regride e se torna imatura. As evoluções biológicas, afetivas, psicológicas e socioculturais nunca são lineares, elas acontecem em pequenos saltos, ou depois de catástrofes. No caso da Síndrome E, é um choque externo, um medo coletivo, um perigo real ou imaginado, a propagação de uma crença, que impacta as pessoas que compõem esse grupo: "A segmentação em mosaico da personalidade é uma organização [...] flutuante, submetida às influências do meio".[263] Esse distúrbio momentâneo da personalidade é provocado pelo impacto de uma crença coletiva em que

---

263. C. Mille. "Dysharmonie évolutive". *In*: D. Houzel; M. Emmanuelli; F. Moggio. *Dictionnaire psychopathologique de l'enfant et de l'adolescent*. Paris: PUF, 2000, p. 211. [Em português: *Dicionário de psicopatologia da criança e do adolescente*. Forte da Casa (Portugal): Climepsi, 2004.]

cada indivíduo perturbado provoca a perturbação de seu vizinho. O contágio cessa quando a pessoa se isola de sua coletividade. O hutu que "macheteou" em grupo, decepando braços das 9 horas da manhã às 5 horas da tarde[264], volta para casa, toma um banho e cuida dos filhos. O guarda SS que, sem emoção, matou dezenas de deportados que não caminhavam rápido o suficiente durante a evacuação de Auschwitz, ouve com prazer na noite anterior um jovem judeu de catorze anos entoando canções populares. Ele aplaude e agradece calorosamente ao rapaz por aquele bom momento compartilhado.

No momento da glaciação afetiva e do automatismo assassino, o clínico costuma notar uma sensação de elação, como uma subida aos céus. Essa sensação não é rara durante os êxtases místicos em que o indivíduo de repente tem a impressão de decolar do solo.[265] Ele dá uma forma verbal a essa consciência súbita e diz: "Sinto que Deus me chama". Nessas situações de experiência de quase morte[266], o doente reanimado depois de uma parada cardíaca conta uma experiência de desincorporação, onde ele se viu num túnel cheio de luz, flutuando alguns metros acima de seu próprio corpo. Essas experiências extremas se curam espontaneamente quando o

---

264. J. Hatzfeld. *Une saison de machettes*. Paris: Seuil 2003.
265. P. Janet. *De l'angoisse à l'extase. Études sur les croyances et les sentiments, tome II: Les Sentiments fondamentaux*. Paris: Félix Alcan, 1928; reeditado pela Société Pierre Janet e pelo Laboratoire de Psychologie Pathologique de la Sorbonne, 1975. Disponível em: https://gallica.bnf.fr/ark:/12148/ bpt6k34112351/f15.item.
266. P. Le Maléfon. "Sortie du corps et clinique de la situation traumatique". *Revue francophone du Stress et du Trauma*, 2010, 10, 2, p. 71-77.

alerta cerebral, provocado por uma privação de oxigênio ou uma descarga de ocitocina, se extingue sozinho depois da eliminação das substâncias fisiológicas. Mas quando um sistema ideológico ou cultural constantemente inflama as almas e organiza pogroms, massacres, perseguições e genocídios, as pressões externas que estimulam o cérebro perenizam o quadro clínico da Síndrome E.

O termo "fratura cognitiva"[267] explica esse fenômeno psicocerebral induzido por acontecimentos socioculturais. Quando um indivíduo é privado de alteridade porque ele foi isolado ao longo de seu desenvolvimento, surge no cérebro, mal estimulado, uma disfunção. A parte ventromediana e lateral do córtex orbitofrontal não é mais estimulada pelas relações e pelos projetos. Não tendo nada a memorizar devido à pobreza do contexto, o sistema límbico é atrofiado. Ora, o lobo pré-frontal precisa ser ativado pelas interações cotidianas para inibir as reações da amígdala rinencefálica, a amêndoa de neurônios no fundo dos hemisférios que é a base neuronal das emoções insuportáveis de raiva ou melancolia. O que significa dizer que um jovem cujo cérebro se desenvolveu num contexto pouco estimulante não adquiriu a capacidade neurológica de dominar suas emoções. Como ele também não tem o domínio verbal, pois se desenvolveu num ambiente pobre em palavras, na adolescência ele manifesta transtornos de socialização, ele explode por qualquer coisa.[268]

---

267. I. Fried. "Syndrome E: Cognitive fracture in our midst", art. cit., p. 22.
268. A. Berthoz; B. Thiriouy. "Empathy, sympathy, hypotheses to better understand variable, and context. Dependant mental states in syndrome E". *In*: I. Fried; A. Berthoz; G. M. Mirdal (org.). *The Brains that Pull the Triggers: Syndrome E*, op. cit., p. 193-196.

Em sentido inverso, quando um ambiente cultural superestimula o córtex pré-frontal com narrativas alarmantes, comícios, desfiles e músicas exaltantes, a alma de cada indivíduo, nessa multidão, funciona em sincronia com a do vizinho. Não há estranheza porque tudo é igual. A clonagem das almas provoca tanta segurança que ela "desativa a amígdala, apagando a afetividade e fazendo o medo desaparecer".[269] O indivíduo assim moldado por uma pressão externa reage como um só homem, como um mecanismo bem oleado que marcha em desfile, aplaude sob comando, se entusiasma ou se irrita e diz o que deve dizer repetindo as palavras de uma língua de papagaio. Assim funciona a linguagem totalitária: a ordem reina quando o pensamento se apaga, o psitacismo leva à paz dos cemitérios.

Quer a amígdala seja inflamada pelo isolamento sensorial, quer ela seja apagada por uma certeza tranquilizadora, nessas duas situações opostas o cérebro não conhece mais a periodicidade do dia e da noite, da ativação e do repouso, de uma ideia e depois outra que desperta a consciência. Quando um indivíduo vive uma carência ambiental, ele permanece submetido a suas pulsões, ele não consegue deixar de agir e dar uma tradução verbal a seu impulso: "Estou me defendendo dessa sociedade podre... odeio o sistema... sinto que todo mundo quer me prejudicar". Mas quando uma pessoa é informada por uma única narrativa, ela habita um mundo monótono que entorpece o pensamento. Quando não podemos nem comparar nem julgar, perdemos nossa liberdade interior.

---

269. I. Fried. "Syndrome E: Cognitive fracture in our midst", art. cit., p. 24.

A fonte do mal não está no indivíduo, ela flui a partir da afetividade do contexto e das narrativas culturais. Quando pensamos como todo mundo, evitamos os conflitos, quando compartilhamos uma mesma crença, nos sentimos aparentados, quando repetimos o que os outros repetem, temos uma sensação de força e verdade. Essas narrativas não precisam ser alimentadas pela realidade. Uma narrativa sem raízes, um conto ou uma lenda podem bastar. Uma utopia maravilhosa no imaginário e mortífera na realidade se impregna na memória que nos comanda sem que percebamos. O diabo se instala em nossa alma quando vivemos num deserto afetivo. Um diabo-motor que nos força a agir sem pensar no que fazemos. Por isso nos sentimos tranquilizados, reforçados e mesmo eufóricos quando colocamos no lugar do diabo um líder venerado ao qual nos submetemos. A submissão é deliciosa, ela produz tantos benefícios! "[...] o fato de o governo totalitário, apesar da evidência de seus crimes, se sustentar no substrato da massa é profundamente perturbador [...] a população estava notavelmente bem-informada de todos os supostos segredos (massacre dos judeus na Polônia, preparação do ataque contra a Rússia) [...] isso não enfraqueceu nem um pouco o apoio geral de que o regime hitlerista se beneficiou."[270]

---

270. H. Arendt. *Le Système totalitaire*, op. cit.

Liberdade interior

A escolha é clara, mas dolorosa. Os que seguirem o caminho da liberdade interior perderão amigos. Eles serão odiados por aqueles que amam, como Hannah Arendt. Pensar por si mesmo é isolar-se: a angústia é o preço da liberdade. Aqueles que se submetem à palavra de um tirano adorado terão uma sensação de segurança (todos juntos), um sentimento de igualdade (todos iguais), uma alegria sanguinária, como os guardas SS em Auschwitz, os degoladores de Pol Pot e os tribunais de adolescentes chineses maravilhados com o Grande Timoneiro.

Felizmente, podemos agir sobre o meio que age sobre nós. Basta organizarmos em torno das crianças um ambiente seguro que lhes ensine o prazer de explorar. Nós lhes proporemos várias figuras de apego, para que elas aprendam a amar de diversas maneiras. Abriremos suas mentes ensinando-lhes várias línguas, várias maneiras de pensar e de explorar as diversas culturas.

Dispomos de todas as ferramentas necessárias para agir sobre a realidade que age sobre nós. Temos um grau de liberdade, portanto de responsabilidade.

lepmeditores
www.lpm.com.br
o site que conta tudo

IMPRESSÃO:

PALLOTTI
GRÁFICA

Santa Maria - RS | Fone: (55) 3220.4500
www.graficapallotti.com.br